きみの10年分の涙

〜十周年記念作品〜

いぬじゅん

STARTS
スターツ出版株式会社

はじめに

この作品は、デビュー前に小説サイト野いちごよりサイト内限定で発売されたものです。

ほとんどの方が読まれたことのない、いぬじゅんの幻のデビュー作となります。

十周年の記念として、なるべく当時の原稿のままで掲載しております。

追加エピソードは新たに書き下ろしましたので、その差もお楽しみいただければうれしいです。

いぬじゅん

空になりたかった海

Your 10 years worth of tears

CONTENTS

星になりたかった花火

きみの10年分の涙

空になりたかった海

第一章

夏のにおいがする

7月1日、晴れ

私は、母親に名前で呼ばれるのが嫌いだ。

いつもなら、『ねぇ、ちょっと』とか『あんたさぁ』と言うのに、きまってイヤな話や、頼みごとがあるときには名前で呼ぶクセに気づいていないのだろうか？

だから、食後にソファでテレビを見ているときに「光《ひかる》」と呼ばれた瞬間、イヤな予感がした。

「んー」

否定にも肯定にも聞こえる返事をしながらも、視線はテレビから離さない。

「今、ちょっと話してもいい？」

「もう、ソファに座ってんじゃん」

こちらの返事など聞くつもりもなく、母親はテレビのスイッチを勝手に切った。

うちの家は母親がボスだ。サラリーマンの父親と中学二年生の私は、母親の言うことに従うだけ。せめてもの反抗と、たまに口答えをするけれどまるでかなわない。

とはいえ、しっかり者の母親がいるおかげで、ケンカしながらも仲がいい家族だと思っていた。

そう、ついこの間までは……。

「あのね、実はね……」

——沈黙。

わざとらしく間を置くのも、いつものこと。ため息をつきつつ、「なに？」と顔を見る。

「先月、お父さん出ていったでしょ？」

そう、五月の連休前に父親が家を出たのだ。理由なんて知らない。聞いたけど、子どもに話すことじゃないって教えてもらえなかった。

ただ、今年になってから父親は、なにかと理由をつけて帰りが遅くなったり、休みの日も家にいないことが多かったりしたから、私なりには想像がついていた。

そんなことより、テレビを消されたことのほうが今は腹が立つ。

母は、ソファに座り直すと話を続けた。

「わかってると思うけど、お父さん、好きな人ができたらしいの」

「やるじゃん」

冗談めかして言ってみる。実際、ショックというほどでもないし、そういうこともあるだろうな、と思っている。

「離婚すんの？」

肩まで伸びた髪を、指先でいじくりながら尋ねた。

「そのつもりはないらしいわ。ただ少しだけ、ひとりでいたいんだって。今は駅前のホテルに泊まってるのよ」

「なんで？　好きな人のところに行けばいいのに」

私が言うと、母はこれ見よがしにため息をついて、

「まったく、なんであんたはそんな子に育ったんだろうね。我が家の一大事でしょ、少しは悩みなさいよ」

と非難してきた。

挙げ句の果てには、

「髪、長いからいじくるんでしょう。うっとうしいなら切りなさいよ」

などとからんでくる。

「うっとうしくなんかないもん。気に入ってるんだけどな」

「もうすぐ夏なんだから床屋さん行って、前髪だけでも切りなさいよ」

「床屋さんじゃなくて美容室でしょ」

訂正する私を無視して、母はでっかいトランクを持ってきた。

「ねぇ、光。これ、お父さんに届けてくれない？」

「やだよ。自分で行けばいいじゃん」

「もし、お父さんがひとりじゃなかったらどうするのよ。イヤよ、お父さんが好きな人と一緒にいたりしたら、なんて挨拶をすればいいのよ」

普段は気が強いくせに、困った状況になると急に気が弱くなる。

いつもこうなら、お父さんも出ていかなかったかもしれないのに。まぁ、実際口には出せないけれど。

「中には背広やシャツとかが入っているだけだから、軽いと思うわよ」

「あれ、必要な服は持っていかなかったっけ？」

「いつも同じ服ばっかりじゃ恥ずかしいでしょ」

私は母の顔をしばらく見つめて納得した。

そうか、どんな様子か私に偵察に行ってほしいんだ。素直に言えばいいのに。

「わかった。じゃ、明日行くよ」

私はテレビのスイッチを入れた。

すぐにリモコンは取りあげられ、映し出された画面は、無情にも消えた。

「ダメ、今から行ってちょうだい」

母はニッコリ笑って宣言した。

やっぱり、名前で呼ばれるとロクなことがない……。

そのホテルは、いわゆるビジネスホテルというヤツで、外観もあまり立派とは言い難い建物だった。母の危なっかしい運転で、車が駐車場にとまる。

「ほんとにウチひとりだけで行かせる気?」

恨めしそうに運転席の母を見るが、黙ってほほ笑むだけだ。

車から降りて、トランクを引きずりながら入り口から中へ。

フロントの男性スタッフが、ビックリした顔で私を見ている。まぁ、中学生がひとりでビジネスホテルにトランクを引きずって来たのだからムリもない。

父に会いに来た、と告げて名前を名乗ると、早速部屋に電話をしてくれた。部屋番号を聞いてからエレベーターで上の階にあがる。

かなり古いホテルらしく、エレベーターもゆっくりしたスピードだった。

「よっ」

エレベーターが開くと、目の前に父が立っていた。

「どうも」

思わずそう言うと、父はうれしそうに、

「よく来てくれたな」

と私の肩に手を回し、部屋へ案内してくれた。

「ちょっと、近いって」

「親子なんだからいいだろ」

なんて、本当に調子のいい父親だ。

部屋の前まで来たときに、

「今、ひとりなの？」

と聞くと、一瞬考えるように眉をひそめて、

「あぁ、そっか。母さんから聞いたのか」

と、うなずく父。

「そういうこと。調査してくるように言われた」

「誰もいない。ずっと俺ひとりだよ」

部屋の中は、ベッドとテレビがあるだけの狭いスペースだった。

「すまんな、迷惑かけて」

父が冷蔵庫からコーラを出して私に渡す。

ダイエット中なんですけど。心で文句を言いながらも、プルトップを開けて飲む。

「ま、気にしないでよ。お母さんはイライラしてるけど、ウチは平気。大学行くまで仕送りとかしてくれれば、離婚したっていいしね」

「光は、自分のこと、前から〝ウチ〟って言ってたか？」

「あー、最近のマイブーム。気に入ってんだよね」

「ヘンなヤツ」

「女房子どもを置いていくほうがヘンだと思うけど?」

「まったく、お前は……十四歳とは思えないな」

そう言いながらも父はニコニコしている。私自身も、いつもイライラしている母よりも、父といるほうが気がラクだった。

「彼女ってどんな人なの?」

私は父に尋ねた。

「いや、その話をお前とするのはさすがにムリだ。ただ、いつも心にあるのは、お前に対して申し訳ないって気持ちだよ」

「ウチは平気だよ。最近、お母さんとうまくいってなさそうだったし」

ベッドにゴロンと横になり、私は言った。

「母さんも来てるのか?」

父が話を変えようとしているのがわかる。彼女のことを聞き出そうとしたが、あきらめて答えた。

「駐車場にいるよ。彼女がいたらイヤだからって車で待ってる」

「まさか。ここには呼ばないよ。最低限のルールだ」

私は、父の言葉に笑ってしまう。

「なんか、おかしなことを言ったか？」

「だって、浮気しといてルールもなにもないじゃん。ウケる」

まぁ、父には父のルールがあるのだろう。ベッドから起きあがって周りを見回した。

ベッドサイドのテーブルに、マッチが置いてあるのが見えた。

父はマッチではタバコを吸わないのに。気づかれないようにしながら、さりげなくマッチの表の名前を見た。

『スナック夏風《なつかぜ》』。和風な文字でそう書いてあった。

私の視線に気づいたのか、あわてて父はマッチをポケットにしまった。わかりやすい人だ。

また来る、と言って部屋をあとにした。

お小遣いをもらったことと、マッチのことは母に黙っていよう。

7月4日、曇りのち雨

「光〜」

校庭に面した窓から声がする。ベッドからのろのろと起きあがる。

保健室のレースカーテンを開けると、正彦《まさひこ》が立っていた。

「あぁ、まさくんか」

「光、今日来てたんだな。たまには教室にも来いよ」

「やだ。ここのほうがいい」

正彦は、つまんなそうな顔をしている。

私が保健室に入り浸るようになったのは、中学一年生のころからだ。

別にいじめられたわけでもないし、勉強がイヤになったわけでもないが、中学に入学してしばらくしてから、教室にいるのが耐え難くなったのだ。

ムリしていると、吐き気がしてきて呼吸も苦しくなる。

最初は病院に行ったり薬を飲んだりもしたけれどいっこうに改善されず、教室↓吐き気↓保健室、という流れが、いつの間にか直で保健室になったのだ。

保健室の先生である猿沢《さるさわ》先生が理解のある人だったので、私は机をひとつあてがわれ、そこで勉強することができた。

といっても、体育だけは参加できる。でも、音楽はムリだ。たとえ音楽室であっても教室っぽい場所には行けない。

「あぁ、もう昼休みかぁ」

私は言った。正彦は校庭でサッカーをしているらしい。

「光もたまには一緒にやるか？」

「やだ」

正彦は苦笑して、

「光は、やだばっかだな」

と笑うと、「じゃあな」と走り去っていった。

正彦とは昔からの友だち、いわば幼なじみである。幼稚園のころからの仲だから、もう十年のつき合いだ。

しかも中学に入ってからはずっと同じクラスなので、なにかにつけて気にかけてくれる。

そういえば、幼いころは一緒にサッカーもしたっけ。今じゃ考えられないことだ。

正彦は変わった。ううん、変わったのは私のほうだ。

昔は正彦のことなんてなんとも思わなかったのに、最近急に背が伸びた彼を意識している。会えば、冗談を言ったりふざけてばかりなのに、近ごろでは感情を押し殺すのがつらい。

違う、本当は十年前からずっと意識していたんだ。

それを認めてしまうと、次を求めたくなりそうで怖い。だからずっと自分にウソをつき続けている。

猿沢先生がいつの間にか保健室に帰ってきていた。

「山本《やまもと》さん、お昼食べた？」

と聞かれて、山本が自分の名字だと思い出す。私のことを名字で呼ぶ人もあんまりいないから。

「まだです。なんだかぼんやりしちゃってた」

お弁当をカバンから取り出す。

「曇り空ね。梅雨入りしたらしいし」

猿沢先生が空を見あげてつぶやく。もそもそとお弁当を食べながら、私はあることを猿沢先生に聞いてみようと思いついた。

「先生、あのね、スナック夏風ってどこにあるか知ってる？」

「いけません」

「は？」

眉間にシワを寄せた猿沢先生が、腕を組んで私を見つめる。

「山本さん、お酒は十八歳になってからよっ」

「いや、飲みたいわけじゃないし。だいたい、お酒ってハタチからじゃなかったです?」

私の言葉に「ん?」と考えこんでいた猿沢先生が、ようやく間違いに気づきあわてている。

猿沢先生は四十歳を過ぎているが、天然なとこがかわいらしく、私は気に入っている。

「ちょっと調べものがあって、場所を知りたいんですよ。スマホ忘れてきちゃったし」

私は笑いながら言った。

「それなら、ほら、あれよ。職員室の前にある公衆電話の横に、電話番号を調べるための本があったじゃない。イエローキャブだったかしら?」

「それってもしかして、タウンページと間違えてます?」

「いやだ、そう言ったでしょ。しっかり聞いててよ〜」

……まったく、憎めない人だ。

公衆電話には、タウンページが置いてなかったので、とりあえず駅に向かいながら探すことにした。

終業のベルが鳴ると、私はカバンを片手に校門を出た。すぐに、パタパタパタとクセのある足音がうしろから聞こえた。

「よっ、紗耶香《さやか》」

私はふり向いて声をかけた。

「光、なんだか急いでるみたいだけどどっか行くの?」

紗耶香は同じクラスの友だちだ。

といっても、仲のいい友だちと呼べるのは、正彦と紗耶香ぐらいしかいない。

「ちょっと調べたいことがあってね」

私は歩きながら話す。

「なになに、おもしろそう」

紗耶香も早歩きでついてくる。

「スナック夏風、ってところに行きたいんだよね」

「どのあたりにあるの?」

「全然わかんないの」

紗耶香は、「へぇ~」なんて言いながらついてくる。

「ねぇ、おもしろそうだから私も行きたい~。明日さ、土曜で学校半日だし、そのあと着替えてから一緒に行かない？」

「えー、いいよ。さっさと済ませたいし。ウチひとりでも十分だよ」

紗耶香は、私の前に回りこむと、子どもみたく通せんぼのマネをした。

「ダメダメ、いいじゃん～。明日一緒に行くの！　ね、おねがい～。相談したいこともあるし」

私は立ち止まって考えた。たしかに飲み屋街だし、制服で歩き回るのも幾分気がひける。

「わかった。でも、見つかるかどうかもわからないし、万が一見つかっても、なにもしないで帰ると思うけど文句を言わないこと」

紗耶香はおどけて「ははーっ」と、家来が主にするようにおじぎをした。

明日の放課後に出かける約束をして、紗耶香とは別れた。

7月5日、彼女の笑顔

土曜日の午後、公園のトイレで着替えた私たちは、駅へと向かった。夏ということもあり、少し歩いているだけで蒸し暑さが体に伝わる。

駅前通りまで来たところで、紗耶香が言った。

「光ってさ、好きな人いるの？」

「え、いないよー」

正彦の顔が浮かんだが、言えるわけもなく平気な顔でウソをついた。紗耶香は疑う様子もなく、「ふぅん」とつぶやいている。

飲み屋街に入るが、昼過ぎということもありガランとしている。シャッターや『準備中』の札が出ている店をひとつずつ見て回った。

「私さ、好きな人できたんだよね」

紗耶香の言葉に思わず足が止まった。

「……それって、まさくんだったりする？」

なんとなく、そんな気がしてたから。

紗耶香は「誰にも言わないで」と、前置きをしてから小さくうなずいた。

「こんな話、光にしか言えないんだからほかの子には内緒にしてよ。特に男子には」

「わかってるって。でも、なんでウチに言うわけ」

「そりゃあ、光がまさくんと仲がいいからに決まってるじゃん」

「別に仲がいいわけじゃないし。でも、正彦を好きだったなんてちっとも知らなかったよ」

　また、ウソを重ねた。

　立場上、協力することになるのは明白だろう。あぁ、なんでひとりで来なかったんだろう、と自分を責めた。

「告白するのはムリにしても、一緒に写真を撮ったりとかしたいの」

　背の低い紗耶香が私を上目遣いで見つめる。

「告白しちゃえばいいじゃん」

　……そして、フラれてしまえばいいのに。

「ムリムリ。好きになればなるほどさ、今の関係を壊したくないって思うもん」

「そういうものなのかなぁ、よくわからないけど」

　……フラれてしまえばいいのに。

　だけど、誰かを好きになるほどに言えなくなる気持ちは、痛いほどわかるよ。

飲み屋街のはずれに、その店はあった。

『スナック夏風』と壁に書いてある。新しそうだが、とても小さな店だった。

「なんでこの店を探してたの？」

無邪気に尋ねる紗耶香をうっとうしく感じてしまう。

正彦のことを好きだと言われるまでは、仲のよい友だちだったのに。私も正彦を好きだと知ったら、紗耶香、どんな顔するのだろう。

ううん、誰にも言えない恋だから、こんな想像すること自体が間違っている。

十年間もごまかしてきたんだから、これからもできるはず。

紗耶香はいいな。好きな人の話が普通にできて……。

「ちょっと、どんな人が働いているのか気になってね」

私は、言った。

「店のママに恋をしたとか？」

「やめてよね。なんでもかんでも恋に絡めないでよ」

「冗談だって。でも、光も好きな人を作ったほうがいいよ。毎日が楽しくなるから」

そうかな？　紗耶香は少し悲しそうにも見えるけれど。

そのとき、突然うしろから、

「こんにちは」

と声をかけられて、私たちは飛びあがった。

その人は、青いワンピースを着て、ニコニコとほほ笑みながら立っていた。髪は長くストレートで、たぶん三十歳くらいだろうか。

「うちの店になにかご用事かな？お客さんには見えない年だけど」

太陽みたいに笑いながら私の顔を覗きこんでくる。明るくて人懐っこい雰囲気がステキだった。

「あ、あの……」

焦ってしまって、言葉がうまく出てこない。まさかお店の人に会うとは思っていなかった。

そんな私を見て、紗耶香が余計なことを言った。

「光、探してたのってこのお店の人なんでしょ？　会えてよかったね」

私は紗耶香に殺意を覚えた。

「光……ねぇ、光って名前なの？」

その人が私の名前に反応したのを見て、私は『彼女がそうなんだ』と確信した。不思議と心が落ち着いてくる。

「すみません。ウチの勘違いでした。失礼します」

と頭を下げ、すぐに紗耶香の手をつかんで走りだした。

彼女がなにか言っているが、聞こえなかったことにしてひたすら走った。角を曲がったところで、ようやく足を緩めた。汗が噴き出してくる。

「なんで逃げたの？　あの人誰なの？　名前は？」

好奇心旺盛な紗耶香が質問攻めにしてきた。

私には余裕がない。胸が苦しい。まだ彼女がつけていた香水のいい香りを感じる。

「あの人とどういう関係なの？」

質問をやめない紗耶香を黙らせるにはこれしかないと思い、私は言った。

「今度さ、まさくん誘って三人で遊びに行こっか」

とたんに紗耶香の頭の中は、正彦でいっぱいになったようだ。

「え、マジで!?」

「協力してあげるから今日は帰ろう。なんか疲れた」

「わかった。すぐに帰ろう。ほら、早く！」

現金なもので紗耶香が私の手を引き歩いていく。

帰り道は、紗耶香が正彦をどんなに好きかを延々聞かされるハメになった。

恋をしている紗耶香があまりにキラキラしていて、私は消えてなくなりたくなる。

第二章

梅雨の終わり

7月15日、雨

保健室で受ける期末テストは、緊張感がある。教室なら、クラスメイトの鉛筆《えんぴつ》の音や咳払《せきばら》い、答案用紙をめくる音など、静かながらもなにかしら音が聞こえるものだ。しかし、保健室ではなにも聞こえない。自分が立てる音さえも、いつもより響いているような気がする。

猿沢先生は監視役なのだが、椅子に腰かけてうつらうつらしているようだ。

あれから十日が経《た》とうとしていた。

あのあと一度だけ父と電話で話をしたけれど、なにも言ってこなかったのでホッとした。あの女性が黙っていてくれたのだろう。

もしくは私の勘違いで、彼女はただ単に、父の行きつけの店のスタッフなのかもしれない。

思い立って会いに行ってしまったが、なぜあんなことをしたのか、今となっては自分でもわからない。

——ガタンッ。

大きい音がして、思考は中断された。見ると、猿沢先生が椅子から落ちそうになっているところだった。あわてて座り直し、時計を確認し、私に目を向けた。

「できましたぁ」

答案用紙をヒラヒラとふってみせると、

「はいはぁい」

と、取りに来てくれた。

あと二日間でテストも終わる。テスト期間中は、午前で学校が終わるので、半分夏休み気分ってところ。

ゲタ箱に向かう途中で、やっかいな人に会ってしまった。

紗耶香だ。表情を見れば、なにを考えているのかがわかる。きっと、正彦のことだ。

私は、おそるおそる近づいていった。

「光ぅ、マジ最悪なんだけど」

「テストが？」

軽く答えて、下履きに履き替えながら尋ねる。

「それはいつものこと。そうじゃなくって、三人で遊ぶって計画のこと。まさくん、まだ知らなかったんですケド？」

やっぱりそうか……。まだ正彦にはなにも話していない。

「ごめんごめん、テスト終わったら聞こうと思ってたんだ」

わざとらしい言い訳だったが、紗耶香は「そっかぁ」と納得してくれた。

「そんなに期待してるんなら、明日にでも電話して聞いてみるよ」

ダメ押しの親切で、すっかり機嫌が直ったようだ。

「じゃあさ、映画がいいなぁ」

恋する乙女の紗耶香が言う。

「あー、ウチも。夏休み映画、おもしろそうなのあるもんねぇ」

「は？　光は関係ないじゃん」

「なんで？　三人で遊ぶんでしょ？」

「協力するって約束、忘れたの？　光は映画がはじまる前に用事ができたことにして退散してよ」

冷たく言い放つ紗耶香に驚いてしまう。

「それってさ、本気で言ってたりする？」

念のため、確認してみたが、紗耶香は黙ってほほ笑むだけだった。どうやら本気らしい。

7月16日、空が涙を落とす

翌日のテストは、ヤマカンが見事にハズれて散々だった。

特に歴史は、悲惨かも……。しょぼくれていると、保健室のドアが開いた。

「おつかれぃ」

カバンを片手に正彦が入ってきた。

「やぁ、悪いね」

私は自然に笑顔になってしまう。

今朝、『テストが終わったら保健室に来てほしい』とメールしておいたのだ。

「こんにちは」

正彦が、机でまたしてもうとうとしている猿沢先生に挨拶する。

「は、ふぁい、こんにちは……」

寝ぼけた声で猿沢先生が答えた。

「で、なんの用?」

正彦が私の顔を見る。

ヤバい。なんだかまたカッコよくなった気がする……。

あまり見すぎるとニヤけそうで危ない。

「今度さ、紗耶香と映画行くんだけど、一緒にどう?」

わざとなんでもないような口調で聞いてみる。

「アニメ祭はパスな」

「そんなの見ません」

正彦は、「うぅん」と唇を横に伸ばして考えたあと、

「ま、たまにはいいかな。あさってどう?」

と言ってくれた。

「オッケー。じゃ、時間はまたメールするね」

ホッとして私は言った。保健室から出る前に正彦がふり返った。

「でも、俺なんて行ってお邪魔じゃないのか? だいたい、なんの映画観るんだ?」

そこまで考えてなかったので、

「当日までお楽しみ! じゃーね」

とあわてて戸を閉めてしまった。

ため息をついて、窓のそばに行く。レースカーテンを開けると、昨日から降り続いている雨はますます激しくなっている。

「泣いているようね」

声にギョッとしてふり向くと、猿沢先生が寝ぼけまなこで続けて言う。

「梅雨って、空が泣いてるみたい。泣いても泣いても足りないみたいな、そんな感じ」

空が泣いている。たくさんの雨粒がアスファルトに踊る。

「そうですね。ほんとに泣いているみたい」

私は外を見ながらつぶやいた。

猿沢先生は、ふわぁぁあ、とあくびをしながら、

「ま、もうすぐよ。梅雨も終盤でしょ。楽しい夏休みが待ってるわよ」

と眠たそうに言った。

「そうですね」

私も答えた。生徒たちがカサをさして歩くのが見えた。

雨の音がこだましているかのような保健室で、なぜか私はこの世にひとりぼっちのような気がしていた。

7月17日、メールじゃなくてよかった

夕食のあとテレビを見ていると、母が洗い物をしながら「ねえ」と言った。

「今日でテスト終わったんでしょ？　どうだったの？」

「まぁまぁかな。赤点はないと思うけど。でも、補講はあるみたい」

「なんで？」

「保健室の生徒であるウチは、遅れがあるからって言われた」

チラッと私を見たあと、

「そう」

と母は再び洗い物に向かった。なにか言いたそうなそぶりだけど、気にしてなんていられない。そう、いよいよ明日から夏休みがはじまるのだから。

うれしいようなうれしくないような。いや、あまりうれしくないな……。

最近ますますイラだちを隠さなくなった母。顔を合わせる時間が増えるのはストレスがたまりそう。

はぁ、と聞こえないようにため息をつく。

部屋に戻ると、スマホが鳴っていた。といっても、バイブにしているので机の上で

震えているだけだが。

ディスプレイには『まさくん』の文字。

大げさではなく、心臓がトクンと跳ねた気がした。

「はいー」

明るく演じてしまう自分のことが、私は嫌い。

『今なにやってんの？』

目を閉じた。正彦の声が心地よく体に染み渡ってゆく感覚。

──私、やっぱ、正彦が好きだ。

スマホを耳に当てたまま、絨毯《じゅうたん》に座って壁にもたれた。

「夜ご飯を食べて部屋に戻ったところ。なんか気が抜けるよね、明日からなにしようかな」

『みんな夏期講習とか行くらしいけどな。俺は興味ねぇし』

「まさくんらしいね」

『まぁな』

スマホ越しの笑い声があたたかい。いつもそばにいてくれて、私をやさしく見守ってくれている。太陽みたいな正彦を好きにならないはずがない。

『なんかさ、去年までは楽しかったよな』

「へ？」

急に話題を変えたから、ヘンな声が出してしまった。

『昔はさ、勉強なんて二の次で、よく光とも学校帰りとかも裏山に行ったり、川原にも行ったよな』

幼なじみの私たちは、いつも一緒だった。

周りにはほかの子もいたけれど、本当に気が合うのは彼だけ。言葉にしなくてもお互いに考えていることがわかった。

私が保健室の生徒になってから、正彦との距離も大きくなったのかも。だから、前よりももっと好きになっちゃったのかな。

「ウチもさ」

想いを悟られないように考えながら言う。

「夏期講習なんて行かないし、昔みたいにこの夏は遊ぼうよ」

『だなっ、来年はいやでも受験勉強しろって言われるしな。そうしよう』

さっきまでの憂鬱はどこへやら、一気に夏休みが楽しみになってきた。

『そうだ、明日のことだけどさ』

正彦の言葉に、ハッと現実に返る。

「うん。なに？」

『明日って、何時に集合するんだっけ？』

「十時に駅だよ」

『じゃ、迎えに行くよ。バスで行くだろ？』

正彦が言った。

「わかった。待ってるからよろしく」

電話が切れたあとも、私は座ったままの姿勢で動けなかった。

知らないうちに口だけで呼吸している。

たとえ、映画館で抜け出さなきゃならなくても、駅までは正彦とふたりっきりだ。

最近感じたことのない幸福感が心を満たしている。紗耶香の気持ちを知っているのに、この気持ちを抑えることはできない。

紗耶香、大丈夫だよ。私よりも紗耶香のほうがうまくいく確率は高いんだから。

だからせめて、ひそかに想うことくらいは許してね。

第三章

私は泣かない

7月18日、誰かが悲しい

朝、起きた瞬間、あまりの時間のなさに悲鳴をあげた。

寝不足がたたったのか、こんな日に限って寝坊するなんて！

あわてて着替えて髪をとかしていると、チャイムの音が聞こえた。

「光～！　正彦くんよ～」

母の声が聞こえたが、それどころではない。

コンタクトを入れていると、部屋のドアが開いた。

「ちょっと待っててもらって」

ふり向くと正彦が立っていたので、再度悲鳴をあげてしまった。

「なんだよ、人をお化けみたいに」

「いや、驚いちゃって……。ごめん、あと五分待って」

正彦にとっては、私はただの幼なじみ。改めて現実を突きつけられた気がした。

「あいかわらずきれいにしてるな」

部屋を見回し、正彦が言う。

「まさくんの部屋はあいかわらず汚いんでしょ」

ようやく冗談を言えるくらい落ち着いてきた。

ただの幼なじみなんだから、部屋に来ることだってある。私のベッドに座ることもある。脱ぎ散らかしたシャツを拾うことも……。

「ちょっと、じっとしててよ」

あわててシャツを奪うと、正彦は不思議そうな顔をした。なんとも思ってません、という態度に少しムカつく。

「お待たせ、さっ、行こう」

恥ずかしさを隠し、正彦をせかして家を出た。

バス停で待っている間、私は正彦の私服を久々に見たことに気づいた。

青いサマーセーターの下からロング丈の白色のTシャツを出していて、黒いスキニーパンツを穿《は》いている。

いつの間にかオシャレになっちゃって……と、母親のような気持ちになる。

正彦は、クラスメイトのことやテレビの話をおもしろおかしく話してくれた。

朝の光がまぶしいバスの中で、私は大切で幸せな時間を過ごす。はたから見たら、私たちはただの友だち。誰も私の気持ちには気づかない。

呪文のように心で唱えながら、たくさん笑った。

約束より五分遅れて私たちは駅に着いた。

紗耶香は、かなり気合いが入っていた。誰かの披露宴にでも行けそうなピンクのスカートにチェックのシャツ、さらにうっすらメークまでしている。なんだか話す声色まで、いつもより高い気がしてしまう。

映画館までの道のりを、私などいないかのように紗耶香は正彦にばかり話かけていた。ふたりについてゆく私は、さながら家来のようだ。

映画館に入る手前で、紗耶香が私を見た。

ついに、このときがきたか……。

私はわざとらしく、

「親から電話」

と、少し離れた場所へ移動して、かかってきてもいない電話に出るフリをした。

演技力は自信がないので、うなずきながらふたりに背を向けた。

あぁ、なにをやってるんだろう……。

一分くらい電話するフリをしたあと、ふたりの前に戻り、前から用意しておいた理由を伝える。

「ごめーん、親戚の人が急に来たみたい。すぐに帰ってこい、って。ムカつくよね」

紗耶香は、「ええーっ！」と女優も真っ青なほどリアルに驚いてみせたあと、

「それじゃあ仕方ないよねぇ」

と、正彦を上目遣いで見つめる。

「じゃ、映画はまた今度にするかっ」

正彦が私を見て笑った。

あわてた紗耶香は、

「ね、ねえ、今日観たい映画さ、公開終了間近なの。仕方ないからふたりで観ようよ」

と、正彦の腕を引っ張った。

私が黙っていると、紗耶香は『あんたも言いなさい』と言わんばかりのにらみをきかせてきた。

「せっかく駅まで来たんだし。さ、行っておいで」

我ながら上手に言えたと思った。

渋る正彦をなんとか見送って、私の役目は終わった。

映画館の中に入ってゆくふたりは、まるで本当の恋人同士みたいだ。私と正彦じゃ、ああは見えないだろう。

人ごみの中で立っていると、なにかモヤモヤしたものがこみあげてくる。

それでも私は、泣かない。

悲しいと思うことがあっても、なぜか泣けない。

いつからだろう。それすら忘れてしまったけれど、涙の流し方がわからなくなった。

「よし」

せっかく駅前まで来たので、気分を変えて散歩することにした。あと二時間以内にバスに乗れば、ふたりに出くわすこともないだろう。

梅雨が終わり、街が夏の色をしている。デパートを見て回ったあと、そろそろバスターミナルへ向かおうと歩きだしたところで、前からニコニコと笑顔で歩いてくる彼女に気づいた。

それはまるで夏に咲く向日葵《ひまわり》。黄色のワンピースを緑の太いベルトで留めている。髪が風にサラサラと揺れ、前回よりも薄いメークがさらに彼女を美しく見せる。

「あ……」

思わず声が出た。彼女は、笑顔のまま両手で私の手を包んだ。

「光さんでしょう？　また会えたね」

なんて答えていいかわからない。

戸惑う私に気づいて、彼女はやさしくほほ笑んだ。

「あなたのこと、お父さんから聞いていたの。だから、この間、名前を聞いた瞬間にすぐにわかったのよ」

「はぁ……」

「あ、私はナツです。夏美《なつみ》という名前なんだけど、みんなナツって呼んでるのよ」

彼女は、私の手を握ったままだ。不思議と嫌悪感はなかった。

「今から時間ってあるかな？　せっかく会えたんだし、お話ししたいの」

「ええ、でも……」

気おくれしている私に気づかず、ナツさんは手を引いて歩きだす。

「あー、よかった。ほんと、ちゃんと話がしたかったのよ」

ナツさんの甘い香りがただよっている。不思議とまだ、嫌悪感はわいてこない。


『スナック夏風』の店内は想像どおり小さく、八人掛けのカウンターとボックス席がひとつあるだけだった。

ナツさんは私をカウンターに座らせると、サイダーの缶をふたつ持って、私の右隣に腰かけた。サイダーを慣れた手つきでグラスにそそぐと、シュワシュワと心地よい音があふれる。

「今さらこんな話、聞きたくないかもしれないけれど、最初に聞いてほしいの」

ナツさんは改まった口調で私を見つめた。

グラスに口をつけたまま、軽くうなずいてみる。

「あなたのお父さん……速人《はやと》さんとはね、ちゃんと別れたの。ほんとよ、ほんとなの」

私が黙っていると、

「そうね」

と、ナツさんは自分に言い聞かせるようにつぶやいた。

「あなたやお母さんを傷つけてしまったのは確かよね。本当にごめんなさい」

ナツさんが深く頭を下げた。美しい髪も一緒に謝っているみたい。

「父は」

喉が異様に乾く。咳払いをして、私は言った。

「父はあなたが好きなんだと聞いています。あなたもそうじゃないんですか？」

ナツさんは、ゆっくりと頭をあげると、静かに首を横にふった。

「でも、終わったの。まさか家を出るなんて思わなかった。バレなければいいのか、って言われちゃいそうだけど、誰かを傷つけてまで幸せにはなれない」

「……父は納得してるんですか？」

なぜだろう。自分の声がいつもより低く耳に届いた。

「正直に言うと、まだなの。さすがに店には来ないけど、毎日のようにメールや電話があるの」

「やめてください」

「え？」

驚いた顔のナツさんを私はまっすぐに見つめた。

「偽善者すぎませんか？　相手の家族にバレたから不倫をおりるなんて。家族を傷つけたくないなんてウソ。本当は、面倒なことになるのがイヤなだけ。そうやって逃げているだけだと思います」

一気に言ってしまった。ナツさんは、目をそらさずに私をじっと見つめていた。軽く息を吸いこんでから、私は言った。

「ウチは傷つけられてなんていない。父が幸せなら、それでいいんです。だから……父の気持ちをないがしろにするのはやめてください」

ナツさんは固まったままの姿勢で動かない。……言いすぎたのだろうか。

「ごめんなさい」

ナツさんは言った。次の瞬間、ナツさんの目から大粒の涙がボロボロこぼれだした。

悔しいが、ナツさんを嫌いになるのは難しい、と感じた。

「ウチこそごめん。こんなこと言うつもりじゃなかったのに」

「いいの。ぜんぶ、私が悪いから。光さんの言うこと、すごくわかるから」

なんとかなだめたけれど、そのあともナツさんは泣いてばかりだった。

ナツさんがどうしても、と言うので、私はメルアドと携帯番号の交換をして別れた。

7月19日、みんな、悲しい

朝、目が覚めると今年初めて聞くであろうセミの声を耳が捉えた。窓の外は快晴の天気。なのに、心のモヤモヤは取れないまま。

台所では母が新聞を読んでいた。

「なんか食べる？」

「自分でやるからいいよ」

そう言いながらコップに牛乳をそそぎ、母の向かい側に座る。

父はまだホテル暮らしを継続していて、母は不機嫌なままだ。

「お父さんって最近どうしてるの？」

さりげなく尋ねたつもり。

「たまに連絡はあるけどね。あまりいろいろ言ったり聞いたりしたら、ますます帰りにくくなるんじゃないかと思って。だから天気の話くらいしかしてないのよ」

「ふぅん」

「それよりまだ床屋さん行ってないの？」

新聞に目を落としたままで言ってくるので、椅子から腰をあげた。

「床屋じゃなくて美容室だって。髪はまだまだ伸ばすつもり」

「まだ伸ばすの？　本当に親子そろってヘンなんだから」

「ヘンじゃないし」

「ヘンよ。お父さんだってなに考えてるんだか」

「お父さん、きっと戻るに戻れないんじゃない？」

せっかく気を遣ったのに、母はムッとした顔になってしまった。

「子どもは余計な心配しなくていいの」

だったらこの間みたいに偵察に使わないでほしいんだけど。

「あんたもまた会いに行ってあげてね」

「はいはい。また行くね」

今すぐ行け、なんてことになりそうなので、二階に避難することにした。

部屋に入ると、スマホのお知らせランプが光っていた。メールがきている。

一瞬、ナツさんかと思ったが違った。紗耶香からのメールだ。

『おはよ。ていうか、昨日マジ最悪！　まさくん映画終わったらさっさと帰っちゃったんだよ。ショックっていうか、ムカつくんですケド』

心の中で、ホッとしている自分がいた。

正彦は紗耶香のこと、なんとも思ってないみたい。だからといって、私と正彦がどうにかなるわけではないけれど……。

それでも、胸のつかえが取れた気がしている。私って、単純だな……。

気分がよくなった私は、再び一階へ。母のご機嫌を取ることにしたのだ。

「時間ができたからなにか手伝おうか？」

「じゃあ庭の水まきをやってちょうだい」

「了解です」

リビングの窓を開け、サンダルを履いてから庭に出た。まだ朝なのに、すでに暑い。

鼻歌まじりで水まきをしていると、正彦が通りかかった。テニス部は夏休みも関係ないのだろう、ラケットとバッグを背負い、ユニフォームを着ている。

幼なじみのご近所さんだから、こうやって会うのはしょっちゅうだが、それすらも神に感謝しちゃう。それくらい私は機嫌がよかったのだ。

「よっ、まさくんおはよう」

おどけて言ったつもりが、正彦は私をチラッと見ただけで、

「おぅ」

と小さな声でつぶやいて、さっさと歩いてゆく。

「え、それだけ？」

と言ってみたが、ふり返りもしない。

「ちょっと、まさくんどうしたの？」

あわててホースの水を止めて、門のほうへ回る。

外に飛び出すと、サンダルの音に気づいた正彦がようやく立ち止まってくれた。

「お前さ～」

正彦が出した声のトーンは、明らかに不機嫌なものだった。

「下手なウソつくなよな」

「え？」

正彦は、ふぅとため息をついて私から目をそらした。

「昨日、親戚が来るとかなんとか言って帰っただろ。つき合い長いからわかるんだよ、ウソついてるって」

「………」

「紗耶香が俺に気があるのは見てればわかる。だけど、あんなやり方ねぇだろ？　友だちならそこんとこ、ちゃんと考えろよ」

正彦は確実に怒っていた。

やっぱ私の演技力じゃ、難しかったのか……。

「ごめん。でもさ――」

正彦は怒りがおさまらないみたいで、私の言い訳も聞かない。

「俺の性格、知ってるよな？　ウソをつかれるの大嫌いなんだよ。友だちだから信用してたのに」

目の前がふいに暗くなったような気がした。勝手な話だけど、悲しみやショックよりも、怒りが大きく膨れあがっていく。

「なに言ってんの」

口が勝手に話しだす感覚だった。

「勝手に怒ってバカみたい。人の気持ち考えたことあるの？　紗耶香がどんな気持ちだったか、ウチがどんな思いだったか」

しまった、と思ったがもう遅い。

反論しようと口を開いた正彦を、

「言わないで！」

手のひらで制して続けた。

「紗耶香の気持ち知っていたのなら、なんでちゃんと考えてあげないの？　あんなことしたのは悪かったけど、紗耶香がそうせざるを得なかったってことも考えてあげなよ。あの子は、本当にまさくんが好きなんだからね！」

「なんだよ、俺の気持ちは放置かよ」

正彦がようやく言った。

あとになって思えば、私の論理はメチャクチャだったが、そのときは自制心がどこかへ行ってしまっていたらしい。

「まさくんのバカ！」

そう言い捨てて、私はその場からダッシュで消えた。庭先でサンダルを脱ぎ捨てて、リビングに駆けこむ。

「もう水まき終わったのー？」

母が洗濯機の前から不思議そうに言ったが、

「知らない！」

と叫んで、私は二階へ走った。

ベッドに突っ伏す。

バカバカバカバカバカバカ！

正彦への怒りは、時間が経つにつれて自分への怒りに変わってゆく。

……バカは、私だ。

7月27日、もしも雨なら

一週間はあっという間に過ぎた。

正彦からはメールも電話もないままだ。紗耶香からは『またセッティングしてよ』とメールが来たが、スルーせざるを得なかった。

冷静に考えるとわかることがある。私は、正彦が口にした『友だちだから』という言葉に反応してしまったんだ。

あぁ、自己嫌悪。勝手に恋して、勝手に苦しんで、勝手に怒ってるなんて。

正彦からしたらなぜ私が怒ったのか、わけがわからなかっただろうに。

セミがうるさい。なんだか頭が割れそうだ。

こんなときでも、私は泣けない。

心の中を悲しみのモヤが包みこんでいるのに、こんなに動揺しているのに……。

外は今日も快晴。もしも雨だったなら、少しは泣けた気がする。

しばらくベッドでうだうだしていたが、どうしようもなくなり、私はスマホを開いた。

アドレス帳から名前を探し、そこでまたしばらく悩んだあと、電話をかける。発信音が六回鳴ったところで、相手が出た。

『はい、もしもし』

ひと呼吸置いて、私は話しだす。

「……もしもし、猿沢先生センセ？」

猿沢先生は、うれしそうに、

『あら、山本さん？　どうしたの？』

と明るく尋ねてきた。それだけでも気分が少しはマシになった。保健室登校の私だから、特別に猿沢先生の連絡先を教えてもらっている。

「猿沢先生は、今日も出勤？」

『いえいえ、だって日曜日だよ。家でゴロゴロする予定』

あぁ、そっか、今日は日曜日かぁ。夏休みって曜日感覚なくなるよな。

『なにかあったの？』

猿沢先生の言葉に、いろんなことがフラッシュバックした。

「なんだかうまくいかなくって……」

『私も！　昨日から旦那とケンカしてるんだよ』

相談したかったのに、猿沢先生の話題のほうが優先事項のようだ。

『だってねぇ、聞いてよ』

話題の主導権はすっかり猿沢先生にいってしまっている。

『私のこと、天然ボケだって言うのよ』

間違いじゃないと思ったが、黙っておくことにした。きっと正しい選択だろう。

『昨日もあんまり言うもんだから、いい加減にして!ってキレちゃったの。もう、いっぱい泣いちゃった』

「それなの、ウチが聞きたいのは」

あった出来事は省略して、本題だけ話すことにした。

「ウチ、なにがあっても泣けないんだよ。すっごくショックだったり、悲しかったり、怒っていたとしても、なぜか涙が出ない。きっと泣けば少しはラクになる気がしてる。でも、どうしても泣けないんだよね」

猿沢先生は『そう』と言ったあとしばらく黙った。

『山本さんとは、いつも保健室で一緒でしょう? だから、ほかの生徒より近い存在なのね』

「うん」

『山本さんって、なにが起こっても感情が揺さぶられていない気がするの』

「でも、怒り心頭ってことはあるよ」

『それでも長く続かないでしょ? 深い悲しみに包まれても、感情が表にこぼれないぶん、心が悲鳴あげてるのよ』

「そうかなぁ」

『イヤな話だけど……』

猿沢先生はためらいがちに続ける。

『保健室に来はじめたころに、「原因はわからない」って言ってたでしょ？』

「ほんとにわからないもん」

ただ教室という場所に体が拒否を示した。足を踏み入れたとたん、気持ち悪くなってしまったのだ。

『あれもね、なにかが起こって、心が悲鳴あげたんだけど、無意識にそれを抑えたせいで、体に異変が起きた気がするのよ』

猿沢先生が言おうとしていることがなんとなくわかる気がする。

『すべてをさらけ出せずにいるから、泣けないんじゃないかな』

たしかに、泣けないだけじゃなく、お腹をかかえて笑った記憶もない。

「ウチはなにから逃げてるんだろう」

それがわかれば泣けるのかな……。

しばらく猿沢先生の旦那さんの悪口を聞かされたあと、電話を終えた。

第四章

空になりたい

8月2日、同じ青

『光さん
突然のメールごめんなさい。

覚えてくれていますか？　ナツです。

いい夏休みを過ごせていますか？

私は、昼間は寝て夜はお仕事だから、夏らしい毎日は過ごせていません。

悲しいことに地元じゃないから、友だちもいないし……。

私なんかと友だちにはなれないだろうけど、もしヒマなときがあれば、私と夏らしい思い出をつくりませんか？

名前がナツなのに、これじゃああんまりです。

よかったら、お店は臨時休業にしちゃうし、遊びに行きませんか？

それでは、また……』

『ナツさんへ
メールありがとう。

最近いろいろあって、なんだかブルーな夏休みだよ。

せっかくだし、遊びに行きましょう。

ウチにすごくいい考えがあるの。

また夕方メールするから、ちょっと時間ちょうだいね。

今から脅しをかけに行ってきますw』

駅前にあるビルに入ったとたん、クーラーの冷気が体を包んだ。

エレベーターで八階にあがる。扉の向こうにある受付カウンターには、きれいな女性がちょこんと座っていた。

私とは骨格がかなり違う。こんな風にかわいらしく生まれたかったな……。

相手先の名前を告げ、呼び出しをしてもらう。

「少々、お待ちください」

待合室に通され、すぐにお茶が運ばれてきた。こんな中学生にまでお茶を出すなんて、接客レベルは高いようだ。

ほどなくしてドアが開き、脅迫すべき相手が笑顔で駆けこんできた。

「びっくりしたよ、まさか会社まで会いに来てくれるなんて」

「お父さんごめんね、忙しかったんじゃない？」

父は、向かいの椅子に腰かけると、

「ヒマだから大丈夫。しかし驚いたなー。いや、うれしいよ」

とニコニコしている。そう、私が脅迫しようとしている相手は父なのだ。

「今日はお願いがあってさ」

「ああ、なんでも言ってくれ。お小遣いか？」

父はますます笑顔になった。ムリもない、前回訪ねて以来の再会なのだから。

「ウチね、泊まりで海に行きたくて。夏休みなのにどっこも行けないからさ」

「いいぞー、ちょっと待てよ」

パラパラと手帳を見だした父に、

「違う違う、お父さんと行きたいんじゃないって」

とあわてて言った。

「ん？」

「アリバイ作りに協力してもらいたいんだよ。お父さんと出かけることにするからさ」

ポカンとしていた父の表情がさっと曇った。

「恋人と行くとかならお断りだ。光にはまだ早い」

「恋人は恋人でも、お父さんのだよ。あ、違うか。元恋人だ」

ここまでは作戦どおり順調に進んでいる。

父はわけがわからないようで、首をかしげている。

「誰のことを言ってるんだ？　ん、理解しがたいな」

「ほい、これ見て」

ナツさんからのメールを表示させたスマホを渡す。

文章を読む父の表情が、どんどん驚いた顔になってゆく。

「なんで……ナツと……？」

驚きのあまり声がかすれている。

「ちょっとした偶然で知り合っちゃってね。夏を楽しめてない同士、思い出をつくろうかな、って」

私は、スマホを取り戻しながら言った。

「母さんは知ってるのか？」

「知らないし、言うつもりもないし、なによりその怖い顔やめてくれる？」

父は我に返った表情で、

「すまん……」

と椅子に座り直した。

「いや、ダメだダメだ。どう考えてもおかしいだろ。許可できるわけがない」

父は手帳をしまうと首を振った。

「ウチね……」

作戦どおり、ここから演技がはじまる。

「お父さんが家を出てから、毎日が悲しいんだ……。お母さんもイライラしてるし。友だちともうまくいってないんだ」

ドラマに出ている俳優みたいに目を伏せて、悲しみを表現した。私につられて、父も眉をハの字に下げている。

「保健室でひとりぼっち。家でもひとりぼっち。お父さんを責めてるわけじゃないよ。ただ、夏休みなのに悲しくてたまらない」

「う……」

苦しそうにうめく父に、わざと深いため息をついてみせる。

「ナツさんは、最初、好きになれなかった。でも、何回か会ったりメールしたりしているうちに少しずつ自分と似てるな、って思ったんだ」

半分くらいは本当のことだ。

「友だちとして一緒に遊びたいし、思い出つくりたい。ダメかな……?」

「いや、それは……」

父は狼狽《ろうばい》していた。

いける！　もう少しだ。

「お父さんが好きになった人だよ。知らない人じゃないでしょ。いつだって、ウチはお父さんの味方なんだけどなぁ」

「……で、いつ行くつもりなんだ？」

父の言葉に、心の中でガッツポーズを作った。これにて任務完了だ。


『ナツさん、うまくいきました――！

しっかり遊べるように、泊まりで行けるようになったよ。

泊まりがけで海に行きたいなぁ。

ナツさん、どう思う？』


『さっき、速人さんから電話があって、かなり怒られました……。

でも、いいよね。

私、光さんが一緒に遊びに行ってくれるなんて、正直意外なの。

だって、普通なら嫌われる相手だもの。

だからこそ、本当にうれしいです！

海、ぜひ行きましょうね』

『やっぱ、お父さん、ナツさんに言っちゃったかぁ～。
そりゃそうですな。
ウチ、初めて会ったときから嫌いじゃなかったよ。
お父さんのことは置いておいて、友だちになりたいって思ったから。
日程はボチボチ決めていこうよ。
楽しみだね』

8月4日、それを恋というならば

玄関のドアを開けると、不機嫌な顔の紗耶香が現れた。

「早かったね」

と言い、中に入ってもらう。紗耶香は口を結んだままで靴を脱いだ。

来客に気づいた母が、

「あら、お客様？」

とスリッパの音をたててやってきた。

「こんにちは、おばさま」

パッと笑顔を作った紗耶香が母に挨拶をする。

「あら、紗耶香ちゃん久しぶりね。大きくなったわね～」

「おかげさまで」

「あら、光の部屋に行くの？」

階段をのぼろうとする私に母が尋ねた。

「なんかまずい？」

「いえいえ、どうぞどうぞ。もらい物のケーキがあるから、あとで持っていくわね」

あわてた様子で紗耶香にほほ笑みかけている。

「ありがとうございます。光さんのぶんまで食べちゃいそう」

「じゃあ、おかわりのぶんも持っていくわね」

女性ふたりが楽しげに笑うのを見つつ、階段をのぼった。母と紗耶香は昔から気が合っている。とはいえ、紗耶香が家に来るのは何年かぶりだ。

部屋に入ったとたん、紗耶香は仮面を外したかのように仏頂面になった。

「ほんと、最悪」

「まさくんとのことでしょ。なんかあったの？」

さっき、紗耶香から『今から行っていい？』と電話があったときから、正彦の話だと予想はしていた。

とりあえず紗耶香をベッドに座らせて、自分は折りたたみ椅子に腰をおろした。

「私、嫌われてるみたいなの」

紗耶香が肩を落とした。

「なんでそう思うの？　あれからふたりで会ったの？」

「それどころか、メールにも返事くれないんだよ」

紗耶香が甘えた声を出す。

ヘンなお願いをされそうな予感に、私はため息をつく。

「ね、まさくんさ、私のことなにか言ってなかった？」

そう言って、紗耶香が私を見る。

興味がないらしい、とはさすがに言えずにごまかすことにした。

「さあ。あれから連絡とってないんだよね。ウチも忙しくって」

なにか言われるかと思ったが、意外にも素直に紗耶香はしょげたまま。

「そっかぁ……」

「力になれなくてごめんね」

私は力になれないんだよ。紗耶香と同じ人が好きなのだから……。

心の中で謝っていると、紗耶香が急に「いいや」と肩をすくめた。

「私、あきらめるよ」

「ええっ？　そんな簡単なものなの？」

驚く私に紗耶香はスッキリした顔で笑う。

「簡単だよ。ムリな人に恋してても仕方ないじゃん。人生は短いんだし、ダメなら次にいかなくちゃ」

「あ、うん」

「恋をしない光にはわかんないと思うけどさ、女子ってそういう生き物なんだよ」

「へえ……」

紗耶香は最近気になるというクラスメイトの名前をあげた。どうやら本当に正彦のことをあきらめたらしい。

「電話しちゃおうかな」

と頬を赤くしている。

紗耶香が帰ったあと、考えてみる。あれは紗耶香の強がりだったのかな……。

ううん……違う気がする。だとしたら、なんて効率のいい恋なのだろう。

変わり身の早い紗耶香が、うらやましかった。私には考えられないし、ムリだ。

恋っていったいなんなのだろう。

紗耶香のそれを恋だと呼ぶのなら、私の十年間の片想いも同じ恋なのだろうか。

──正彦に会いたい。

理由がなくても会える関係なのに、必死で会う理由を探してしまう。

正彦は、私がいない時間を平気で過ごせているのに。私がいなくても平気なのに。

会いたいのはいつも私のほうで、悲しいのも私だけ。

ひどく、みじめな気持ちだ。

8月6日、空に捨てられた雨

夏休みの駅前にいる人たちは、平均年齢も下がり、いつもよりにぎやかに感じられる。

今日は父を誘ってランチだ。待ち合わせの店は、スーツを着た社会人であふれていた。

店に入ると、すでに父はテーブル席に腰かけてこっちに手をふっていた。

「ここはいいぞ。安くてうまい。だいたい、昼メシはここなんだ」

父の言うとおり、ランチはボリュームもあり味もなかなかだった。食後にコーヒーがつくそうだけど、私は飲めないのでオレンジジュースにしてもらった。

「海、来週の月曜日からで変更ないな？」

母が近くにいるわけじゃないのに、声を潜める父。また少し伸びた髪をいじくりながらうなずいた。

「いろいろ相談したんだけど、結局、行き先は熱海《あたみ》になったんだ」

「母さんにバレないかなぁ。父さんと行くことにしてるんだろ？」

私はいたずらっぽくうなずく。

「とにかく、旅行中はお母さんからの電話には出ないでね。お父さん、ウソが下手だし」

「それは否定しない」

神妙な顔で父はうなずいている。

ずっと気になっていることを尋ねることにした。

「ナツさんとは別れたんだよね？」

「コテンパンにフラれたよ」

そう言う父の表情も、前に比べてスッキリしているように見える。

「そろそろ帰ってきたら？　お母さんも許してくれると思うよ」

なるべく軽く聞こえるように言ってみると、父は子どもが叱られたときのような表情を浮かべた。

「こっちがダメならこっち、ってのはな……」

「強がっちゃって。悪いと思うなら、なおさら早く家に帰ってきてよ。大変なのはウチなんだからさ」

「まだイライラしているのか？」

「地雷を踏まないように、常に気をつけております」

冗談めかして言うと、父はシュンと肩を落とした。

「土下座でもなんでもして、母さんに許しを請うから、もう少しだけ我慢してくれ」

結婚っていいな。戻れる場所があるのだから。

私は正彦のそばにいつまでいられるのだろう？　ただの友だちの私たちは、高校が離れちゃったらそこで終わりかもしれない。

店を出たところで、父は深いため息をついた。

「しかし、お前がナツさんと仲良くなるとはなぁ」

「自分でもよくわからないけれど、なんだか魅力的な人だよね。ヘンな言い方だけど、お父さんが好きになった気持ちもわかるよ」

「でも、もう終わったことだから」

「そうなんだ」

「今じゃ反省の日々だよ」

父がふっきれた様子で、私は少し安心した。


「ただいま」

家に着いて台所へ顔を出すと、母が冷蔵庫の掃除をしていた。

「お父さん、どうだった？」

父とランチに行くことを母には言っていた。やはり気になるようだ。

あまりイライラされるのも困るので、ここはご機嫌をとっておくか。

「なんかね、とっくに好きな人とは終わっていたみたいだよ」

ガタンッと音がした。なにかひっくり返したようだ。

「へ、へぇー。そうなんだ」

あからさまに動揺している母が笑えるけれど、平然とうなずいてみせた。

「でもね、家にはまだ帰れないみたいよ。すごく反省してるんだって」

「そう……なのね。帰ってくればいいのにね」

母はひとり言のようにつぶやいた。

「任せといて。旅行先でウチがうまく誘導してみるから」

「あら、お願いしようかしら」

さっきよりも明るい声の母にホッとした。

結婚生活なんて、私には一生想像の世界でしかないけれど、母なりにたくさん傷ついたんだろうな……。

きっとふたりはもとの夫婦の形に戻ってくれるだろう。最初はぎこちないかもしれないけれど、いつか今も思い出になる。

「そうだ。プリン買ってきたんだけど食べる？」

久しぶりに聞くやわらかい口調に素直にうなずいた。

なんだか周りばっかりうまくいってる気がする。

私の恋は宙ぶらりんのまま、十年間も放置されたままだ。これから先もなにも変わらずに、周りの恋を眺めてうらやむだけ。

あとどれくらい想い続ければ、この恋は消えてくれるのだろう。

十年、二十年、それとも三十年?

告白さえ許されない恋が、かわいそうに思えた。

第五章

たとえば、風が

8月9日、うしろ姿も見えなくなる

午後の校舎の中は、思ったより涼しかった。夏休み中の学校は人もまばらで、校庭からは部活に励む生徒たちの声が小さく聞こえている。

保健室のドアを開けると、猿沢先生が机に突っ伏して寝ていた。

「猿沢センセ」

私の声にビクッと揺らせた猿沢先生が、ゾンビのようにゆっくりと顔をあげた。

今日は登校日だ。といっても、みんなの登校日は明日。急遽《きゅうきょ》旅行に行くことになったので、猿沢先生が私のために都合をつけてくれたのだ。

「あら……山本さん」

「今日はありがとうございます」

寝ぼけ眼《まなこ》の猿沢先生に頭を下げた。

「どう？　いい夏休みを過ごしているかな」

ようやく眠気から解放された猿沢先生が尋ねてきた。

「正直、あんまりいいとは言えないかな。家でも友だち関係でもいろいろあって」

「それが青春ってものなの。しっかり悩んで成長しなさい」

猿沢先生は、自分の言ったセリフに満足そうにうなずいた。

「あ、センセ。こないだは突然電話しちゃって、すみませんでした」

猿沢先生は照れくさそうに顔の前で手を横にふって、

「私のほうこそ、ケンカした話なんかしちゃってごめんなさいね」

と笑った。

「あんまりケンカしちゃうと、ウチの家みたいになっちゃいますよ」

「どうなっちゃうの？」

猿沢先生は不思議そうに聞いてきた。

「父が浮気して出ていって、母が泣いて。でも父は恋人にはフラれちゃったんです」

「待って。それって――」

「それからウチは、父の恋人と仲良くなって、一緒にふたりで旅行に行く、みたいな感じです」

「ええっ、なにそれ。本当の話なの？」

猿沢先生は、相当驚いた様子で口をあんぐりと開けている。

「だからこの夏はすごく忙しいんです。体が、というより心が」

「でも……お父様の恋人と旅行に行くのはおかしいと思う。私なら仲良くなるどころか、絶対に許せないもの」

「ウチも不思議なんですけど、気づいたら仲良くなってました」

ナツさんのどこに惹《ひ》かれているのか、自分でもまだわからない。

「山本さんのご家庭は大丈夫なの？」

「もうすぐ父が戻ってくると思うので、きっと大丈夫です」

「そう……」

猿沢先生は、理解しかねている様子だった。

「ひょっとして、山本さんが保健室に来るようになった時期と重なるの？」

「いえ、家での出来事は最近の話だから。たぶん関係ありません」

話しながら、校庭を見る。野球部が練習をしているのだろう、元気な声が聞こえる。

正彦も部活をしているのかな……。いつか、正彦とも旅行に行ってみたいけれど、
来世に期待しよう。

「センセは最近ケンカしてないの？」

「それが、昨日またしちゃってねぇ」

猿沢先生が恥ずかしそうに笑う。

「ほら、岡崎忠義《おかざきただよし》ってアーティストいるじゃない？　あの人が私、大好きなの」

「あぁ、人気ありますよね。私は聴いたことないけど」

猿沢先生は、ポワァンとした顔になっている。

「歌もそうなんだけど、顔もすっごくタイプでね～」

そう言われたが、顔がイマイチ思い出せない。

「昨日テレビを見てたときに、彼が出てたのよ。で、私のひとことで大ゲンカ」

「なんて言ったんですか？」

「彼に誘われたら、どこにでもついていっちゃうわ、ってつい言っちゃったのよ。で、旦那に怒られたの……」

「それはセンセが悪いね」

「やっぱそうなのかなー。でもケンカが多いのは問題よね」

と、猿沢先生はふくれた顔をしている。

「逆じゃないですか。ウチの親、これまで大きなケンカをしたことがなかったから、こんなに大問題になってるわけですし。ガス抜きは必要ってことですよね」

「山本さんって、時々すごく大人に見えるわね。私が幼いのかしら……」

猿沢先生は、肩をすくめた。

そのあともたわいもない話をして、登校日は無事に終わった。

外に出ると夕方なのに空はまだ青く、暑さも地面にへばりついている。

門を出たところで、先を歩く見慣れたうしろ姿が目に入った。

正彦だ。

テニスラケットを肩に下げて、のんびりと歩いている。

足が金縛りにあったかのように動けなくなる。

正彦は、私に気づかずに歩いてゆく。練習で疲れているのだろう、うつむいてだるそうに去っていく。

話しかけてこの間のことを謝ろう。頭が指令を出しているのに一歩も動けない。

正彦のうしろ姿が見えなくなるまで、その場で見送ることしかできなかった。

8月10日、遠ざかる〝今〟

駅での待ち合わせなのに、ナツさんが指定した場所は駅裏のコンビニだった。

朝も早いので、裏通りは閑散としている。

コンビニでパンとジュースを買っていると、ナツさんが現れた。Tシャツに七分丈のジーンズ、手にはコーチのハンドバッグだけ持っている。

「おはよ～」

いきなりナツさんが抱きついてきた。ふわりとナツさんの香りがした。

「あれ、ナツさん荷物これだけ？」

恥ずかしくなり、強引にその体を引きはがした。

「フフン。だって、ほらあれ見て」

ナツさんが指さした先には、さっきまでとまっていなかった青い車があった。

「ええっ？　新幹線で行くって言ってなかった？」

確か昨日まではそう言っていたのに。

ナツさんは、私の肩を抱くと、「聞いて」と顔を近づけてくる。

「乗り換えとか、向こうに着いてから行きたい場所とかを調べてたら、やっぱり車のほうがいいことがわかったのよ」

「それって、ひょっとして今朝決めたんじゃない？」

苦笑しながらも、距離が近すぎて照れてしまう。

「バレたか。とりあえず出発しましょう」

ナツさんの車は、ポルシェというらしい。名前は聞いたことがあるけれど乗るのは初めて。家の車と違ってあまり揺れないのはありがたかった。

駅裏通りから郊外へ抜けて走る。目指すは高速道路の乗り口だ。

「好きかどうかわからないけど……」

ナツさんが音楽を流す。聞いたことのある歌が流れだす。歌がうまいと評判の女性ボーカルの曲で、ドライブにふさわしいと感じた。

「このグループね、結成二十年なんだって。デビューしたときからのファンなんだけど、もうそんなに経つなんてびっくり。自分の歳を思い知らされちゃうのよね」

ナツさんの横顔を見た。とても美しい顔だ。

まるで自分の生き方に誇りを持っているように見え、うらやましくなった。

ポケットの中でスマホが震えた。取り出すと、父の名前がディスプレイに表示されている。

「はい、ウチです」

隣でナツさんが「ブッ」と噴き出した。

『無事出発できたのか？』

「うん。もうすぐ高速に乗るとこ」

『あれ、車で行く予定だったか？　まあ……気をつけて行ってこい』

「アリバイ作りよろしくね。ナツさんと、思いっきり夏を楽しんでくるからね」

ナツさんがハンドルを握りながら大きくうなずいている。

『お前たちのせいで、ロクに街も歩けないよ。もし、母さんに見つかると、今度こそ殺されるからな』

と、父は笑って電話を切った。

高速道路に入っても、道は空いていた。途中のサービスエリアに寄りトイレを済ませ、休憩所でお茶を飲んだ。

日差しがまぶしくて目が開けられない。

「なんだか不思議。光さんと旅行に出かけているなんて」

ペットボトルを両手に抱えて、ナツさんが言った。

「ほんとだね。でもさ、なんかウチ、ナツさんと似てると思うんだよね。どこが、って聞かれるとうまく言えないけれど」

「なんとなくわかる。光さん、自分のこと、あんまり好きじゃないでしょう？」

ナツさんが私の顔を覗きこんで聞いた。ふっと、また香水のにおいに包まれる。

「どうだろ。あんまり考えたことないけど、本来の自分というか……、なりたい自分にはなれてないかな」

言葉を選びながら言うと、「やっぱり」とナツさんがほほ笑んだ。

「私も同じ。でも、光さんはまだ若いんだし。きっと、なりたい自分になれるよ」

「そうなのかな」

「若いってね、本当に素晴らしいことよ。なんでもできるんだから」

そういうものなのかな。私にはまだわからないけれど。

「どこの高校に行くか、もう決めたの？」

「まだなんにも考えてない。でも、制服がたくさんある高校があってね。そこに行けたらいいな、って」

「光さんならなんでも似合いそう」

こういう褒め言葉が苦手だ。なんて答えていいのかわからなくなる。ナツさんが言うように、私は私が好きじゃないのかもしれない。

正彦はどこの高校を目指しているのだろう。

それすら知らないなんて、幼なじみ失格だな……。

高速を降りたとたんに、激しく雨が降りだした。フロントガラスの向こうの雨雲をにくらしく見あげる。

「さっきまで、あんなに天気よかったのに」

「大丈夫よ、私かなりの晴れ女だから。それより、ほら」

指さす方向を見ると、道路の向こうに青い海が広がっていた。

一瞬でうれしくなってしまう。

ついに、熱海に来たのだ。

車は渋滞のせいでノロノロ運転。熱海は坂道が多く、のぼったりおりたりをくり返しつつホテルへ向かった。

海からすぐそばにある坂道の途中に、私たちの泊まるホテルはあった。ちょっとしたビルくらいの規模だったが、いかにも高そうなホテルだった。

「ここが一泊五千円なの？」

入り口近くで尋ねた。外装や玄関の雰囲気は、知る人ぞ知る高級旅館みたいだ。

「大丈夫、今回の旅行は私が誘ったんだから、任せといて」

「えー、それはダメ。お父さんからお小遣いもらってきたから払えるよ」

不平を口にすると、ナツさんは澄《す》ました顔でボストンバッグを持ち直した。

「お父さんからもらったお小遣いはお土産とかで使えばいいの。余ったら、高校受験のための参考書を買うとか？」

「げ。受験勉強にはまだ早いよ」

苦い顔の私に、ナツさんはクスクス笑った。

「とりあえずチェックインするわよ。ついに私たちの夏がはじまったのよ！」

私たちの夏、という言葉に胸が大きく跳ねた。頭の片隅に住み着いている正彦のことを少し忘れて、私も楽しもう。


ホテルの部屋は、あまりにも広くて、私はかなり驚いた。

それはナツさんも同じだったようで、

「トレンディードラマに出てくるみたい～」

と、死語を使っていることにも気づかずにはしゃいでいる。

たしかにドラマに出てきてもおかしくないほど豪華だ。家具なども高そうなものばかりだし、テラスに出れば海が一望できる。

いちいち探検しては、私たちは感嘆の声をあげた。

落ち着いたあとは、それぞれに荷物をカバンから出していく。ナツさんは数日の旅行だというのに山のような荷物だ。

「家出でもしてきたみたい」

「歳を重ねるとね、女を維持するのって死ぬほど大変なんだから。これくらいは当たり前」

私のツッコミにナツさんは澄ました顔で答えた。

「さ、整理したら海へ行きましょう」

「了解」

その前にメールを送らなくちゃ。母に無事に着いたことを伝えてから、父にもメールを打つ。

『今着きました。

お母さんには、メールで報告済み。

連絡はウチのほうにするように言ってきたけれど、そっちに連絡がきたら教えてね』

ナツさんの言ったとおり、さっきまでの雨はどこへやら、快晴の天気になった。

浜辺には、天気の回復を待っていた人たちが戻ってきている。

レンタルショップでパラソルとシートを借り、砂浜に設置してもらった。

「なんか、静かだね。海って、もっとにぎやかだと思ってたよ」

私が言うと、ナツさんは「そうねぇ」と、聞いているのかいないのか、せっせと日焼け止めを全身に塗りたくっている。

ナツさんは、大きな帽子とサングラスに、長袖、ロングスカートといった完全防備だ。私は、水着の上に長袖のラッシュガードを着ている。

「せっかく海に来たんだから、水着になればいいのに。お忍びで来た芸能人みたい」

そう言うと、ナツさんは不満そうに鼻を鳴らした。

「この世でいちばん怖いのは、紫外線なのよ。私は浜辺でのんびりするのが好きだから、光さんは気にせず遊んでおいで」

ナツさんは、文庫本を取り出して優雅に横たわった。

チェッと思いつつ砂浜に足を踏み出すと、想像の何倍も熱い。さっきまで雨がふっていたのに、太陽の熱はバカにできない。

爪先立ちで水際まで走った。

素足で砂を踏みしめる久しぶりの感覚が、なんだか楽しい。

足にたわむれる水は冷たいけれど、少しずつ体を慣らしてゆくと、意外にすんなりと肩まで入ることができた。

ゆっくりと空を見あげ、まぶしい光に目を閉じる。波に軽く身を任せて揺らいでいると、不思議と心が落ち着くのを感じた。

まるで波と一体になったかのような気分。

「ウチは……今、海だ」

そう、つぶやいた。

たとえば、少し風がふいただけで、たくさんの波が立つくらいの弱い存在だ。

そっと手を伸ばしても、空は果てしなく遠い……。


海からあがると、ナツさんがお弁当を広げて待っていてくれた。

おにぎりだけじゃなく、卵焼きや唐揚げまである。

「え、これ手作りなの？」

驚く私に、ナツさんは恥ずかしそうにはにかんだ。

「実は昔から料理が好きなの。胃袋をつかんで離さない女、それが私なの」

自慢するだけあって、色とりどりのおかずは、見るだけで食欲を呼び覚ました。

「すごいねぇ、これならいつでもお嫁さんに行けるよ」

「それだけは言わないで〜」

ナツさんは両手で顔を覆って泣くフリをしている。

砂が舞いこんでこないよう、体を寄せ合いながらお弁当を食べた。

食事中の話題は、ナツさんのお店についてだった。

「五年前までは、普通のＯＬだったのよ。まぁ、けっこうお局様《つぼね》グループにいたけどね」

「へぇ。それって意外」

「節約して、お金をためて、夢だったお店を開いたわけよ」

「スナックをやるのが夢だったんだ？」

ナツさんは深くうなずいて、

「だって、お酒を堂々と飲める商売なんてほかにはないじゃない？」

とニヤリと笑った。

「そんなにお酒が好きなんだ？」

「でも商売って難しい。ホステスを雇いたいけど、それじゃあ赤字確定なのよね。さみしくひとりでやるしかないのよ」

それでもナツさんは幸せそうに笑っている。

その笑顔は、雲ひとつない澄んだ青空に似ていた。


散々海を満喫した私たちは、夕方前に部屋に戻った。シャワーを交代で浴びると、どちらともなくベッドに倒れこむ。

ナツさんは、すっぴんでもきれいだなぁと、感心しているうちに、いつしか私は眠ってしまった。

目が覚めると、外は日暮れを迎え、部屋の中も薄暗くなっていた。

「あ、起きた？」

ナツさんは、ホテルにある温泉に行ってきたらしく、浴衣を着ている。メイクもバッチリしていて、見とれてしまう。

「今、何時？」

「そろそろ六時くらいかな。お腹すいたね」

体を起こすと、ブラシを手にしたナツさんがうしろに座った。

頭にブラシのあたる感触。ナツさんが髪をときながら言った。

「最初に会ったときから思ってたけど、光さんの髪の毛ってすごくきれい」

「あ、ありがと……」

人に髪をとかれたことがないからかなり照れくさい。

「ちょっと長すぎない？」

自嘲《じちょう》気味に尋ねると、ナツさんは「ううん」とすぐに否定してくれた。

「せっかくきれいな髪の毛なんだし、短いくらいだと思う」

「うちの親、切れってうるさいんだよね」

「考え方は人それぞれだから。親は親、光さんは光さんでしょう。うちも両親が梨農園をやってたんだけど、父が亡くなってね、跡を継げってうるさいのよ。でも、私は私だから、適当に断ってるの」

髪をとくブラシに力が入った気がした。

「梨農園をしてるんだ？」

「やたら大きくて人手が足りないんだって。今年もそろそろ収穫時期だから送ってあげるね」

そう言ったあと、ナツさんは「そうだ」と言った。

「光さんがうちの梨農園を継ぐのはどう？」

いいことを思いついたように言っているけれど、冗談にもほどがある。

「それってありえない話だよ」

「この世にありえない話なんてないのです」

ナツさんの言うことはもっともだと思った。この旅行だって、ちょっと前ならありえない話だったし。

人生なんてなにが起きるかわからないものなんだね。

夕食は部屋で食べるのかと思っていたけれど、そうではなかった。案内されたのは食事をするための広い和室だった。

それぞれ個室のようにパーテーションで区切られていて、広い窓から日本庭園もどきを眺められる。

料理は魚を中心とした和食で、雰囲気だけでなく、味や見た目も申しぶんなかった。

「あぁ、親にも食べさせてあげたい」

思わず口にすると、ナツさんはクスクスと笑った。

「それって、年寄りっぽい」

料理も次々と一品ずつ出てきて、熱いものは熱いうちに、というこだわりが感じられた。

「このあとさ、温泉に行かない？」

ナツさんがデザートのわらび餅を食べながら言った。

「さっき入ってきたんじゃないの？」

「この温泉旅館って、なんと混浴があるんだって。ひとりじゃ心細いからつき合って～」

ナツさんは両手を合わせて拝《おが》んでくるけれど、冗談じゃない。

本気で言っているのだろうか？　それとも何杯目かのビールが、大胆なことを言わせているのだろうか？

「イヤだよ。混浴なんてとんでもない。一応、中学生なことを忘れないでよ」

「大丈夫よ。混浴は水着着用だから」

いや、そういう問題じゃない。

「全然大丈夫じゃないし。それに、日に焼けて体中が痛いんだよね」

「なにさ、ケチ」

まるで子どもみたいに駄々《だだ》をこねるナツさんを見送って、私はひと足先に部屋に戻った。

薄暗い部屋でスマホが不在着信を教えようと光っていた。照明をつけるのも忘れてスマホを手に取った瞬間、息を呑《の》んだ。

――『まさくん』

画面にそう表示されてあった。思わずスマホの画面を切った。

「どうしよう」

思わず言葉が口に出てしまう。

何度も画面を開いては閉じるをくり返したあと、思い切って電話をかけてみる。

呼び出し音が一瞬鳴ったあと、すぐに正彦は出た。

『よぉ、光』

久々に聞く声に、胸が締めつけられた。

「どうしたの?」

気持ちとは裏腹に明るく言ってしまう。

『お、機嫌いいじゃん』

　正彦が楽しそうな声だからだよ。怒らせてしまった罪悪感にどれだけ打ちのめされていたことか。

「……久しぶりだね。元気してた？」

『実は元気じゃなかった』

「え？」

　スマホを持つ手がもう汗ばんでいる。

『なんかお前のこと怒らせたかなぁって、ブルーになってた。あのときは悪かったよ』

　なんてことだ。正彦も気にしてくれていたんだ。お酒を飲んだわけでもないのに、頬が燃えるように熱い。

「ウチこそごめん。まさくんの気持ちを無視して勝手に行動しちゃったから」

　素直な気持ちが自然にこぼれた。

　最初から、こうやって謝ればよかったんだ。ヘンな意地を張って、やっぱり私はバカだな……。

『らしくないこと言うなよ。でも、話せてよかった』

　もし、目の前に正彦がいたなら抱きついていたかもしれない。それくらい、私はうれしかった。

「今ね、熱海にいるんだよ」

『ええっ、すげーな。あれ？ でもさっき部活終わって帰るとき、おばさん見たぞ』

「あ、そのことなんだけどね――」

すっかりテンションのあがった私は、ナツさんとの出会いから今までの経緯をすべて説明した。正彦は『ええ!?』と何度も驚いていた。

『なんか、光ってすごいなぁ。普段はただのヘンなヤツなのに、行動力はピカイチだもんな』

「それ、褒めてないし」

私はつい笑顔になる。

正彦の憎まれ口も、今日は愛しく感じてしまう。

しばらく話したあと、私は正彦になんで電話をくれたかを尋ねた。

『登校日に保健室閉まってたから、なんとなく心配になった』

やさしい声がすっと耳に届く。

正彦が好き。今なら言えそうな気がしたけれど、やっぱり勇気が出ない。それに、電話で告白するのはイヤだ。かといって、直接伝えることもできない。

――友だちのままでいい。

これまで百回以上言い聞かせてきた言葉を、心の中でくり返す。

たわいもない話を続けていると、ナツさんが戻ってきたので電話を切った。

「混浴、おじいちゃんしかいなかった。ガッカリしちゃった」

ふてくされたナツさんが、私の顔を見て目を丸くした。

「あれ？　なんか鎖がない」

「鎖ってなに？」

不思議に思って尋ねると、ナツさんは「あぁ」とひとりで納得してニヤリと笑う。

「なるほどね。そういうことか」

「気持ち悪いじゃん。ちゃんと言ってよ」

抗議すると、黙って私のスマホを指さした。

「今の電話、好きな子からでしょう？」

「ええっ。ち、違うし」

否定しても、ナツさんにはお見通しの様子。チッチッと指を左右にふってくる。

「すごくうれしそうな顔をしてるもん。隠したってバレバレだよ」

思わず頬に手をあててしまう。

「そう、かな……」

「悩みごとがあるみたいな顔をずっとしてたんだよ。まるで見えない鎖に縛られているみたいだった。でも、今は違う。全然違うの」

頬が熱くなるのを感じる。私ってそんなに、わかりやすいのかな……。

「好きな子じゃなかったとしても、悩みごとがなくなったのは正解でしょ？　ほら、答えなさい」

「イヤな人だなぁ。うん、正解だよ」

「さすがは私」

なんて、ナツさんは自慢げに胸を張っている。

笑い返しながら、私は覚悟した。これ以上、自分の気持ちにウソはつくことはできない。

──正彦に会いたい。会って、好きだと伝えたい。

抑えきれない想いが、波のように何度も押し寄せてくる。

第六章

やがて、散る夏

8月11日、彼女の想い

翌朝は、肌の痛さで目が覚めた。日に焼けすぎたらしく、シャワーすら水に近い温度でないとつらかった。

「紫外線の怖さを思い知ったでしょう」

からかっていたナツさんも、私があまりに痛がるもんだから、最後は心配してくれて、自分の使っている日焼け止めを貸してくれた。

「海は大変だから、今日は熱海の街を観光しましょう」

ナツさんに言われるがまま、私たちは出発した。


ホテルから車で少し走ったところに、そのバラ園はあった。

看板には、丸い文字で『ハーブとローズの庭園』と大きく書いてある。人気の観光スポットらしく、たくさんの人でにぎわっていた。

入り口で入場料を払い、中に入るとすでにハーブの香りがただよっている。

よく見ると生えているハーブではなく、至るところに置いてあるドライハーブから香りは出ているようだった。

園内には、見たこともないハーブやバラがところ狭しと植えてあり、小さなプレートで名前と説明が書いてある。

「バラって昔からあんまり好きじゃないのよね」

ナツさんがゆっくり順路を進みながら言った。

「そう？　私は好きだけど」

「美しい花だとは思うけど、なんか自己主張が強い気がしてねぇ」

「ふぅん」

そんなことを話していると、あっという間に見るものがなくなってしまった。

土産物屋もチラッと見たあと、私たちは隣にある休憩スペースに座った。無料のローズティーを飲んでみるが、なんとも微妙な味にふたりで笑った。

「ナツさんさ、お父さんのどこが好きになったの？」

なにげなく聞いてみたくなった。

「ええっ、そんな話聞きたいの？」

ナツさんは心底驚いた顔をしている。

「なんでも話せるのが、友だちってもんだぜ」

おどけて言う私に、「そうねぇ」とナツさんはしばらく悩んでいたけれど、すっと背筋を伸ばして口を開いた。

「速人さんとお店で初めに会ったとき、私、すごくおっきなウソをつかれたのよね」

「どんな？」

「バツイチだって」

「オーマイガッ。それって重罪だよね」

ナツさんは笑った。

「でも、光さんのことは話してくれてたのよ。大事な子どもなんだって。ただ……」

「ただ？」

「今は奥さんに引き取られていて、なかなか会えないってさみしそうに言ってた」

「ぶっ」

ローズティーを噴き出しかけた。

ナツさんの話によると、それから父は店に通うようになり、自然につき合いだしたということだった。

「お子さん思いなんだな、って思ったのが好きになったきっかけかも」

本当にわが父ながら情けなくなる。ウソをついてまでつき合うなんて信じられない。

「結婚していることを知ったのはいつのことなの？」

「光さんにはわからないかもしれないけど、こういうのって女性は敏感なの。すぐにピンときて問い詰めちゃった」

「それで白状した……と」

ナツさんは、悲しそうにうなずく。

「私、どうしても不倫だけはイヤなの。だから、別れましょうって伝えた」

なるほど。そうだったのか、と私は納得した。

「お父さんも、なんだかんだいってもひとりの男ってことかぁ」

なんだか、父があわれにすら思えた。きっと、ナツさんを本当に好きになってしまって、自分でもどうしてよいのかわからなくなってしまったのだろう。

家まで出たのに、その愛、いや恋は報われなかったのか……。

「きっとウソをつこうと思ってついたんじゃなかったと思うの」

まるで自分に言い聞かせるように、ナツさんは言う。

「ウチもそう思う。そんな器用な人じゃないよね。きっと、好きでたまらなかったからこそ、言えなかったんだよ」

「うん」

顔を見合わせて私たちはほほ笑む。

ナツさんも父をきちんと好きでいてくれたんだ。

それがただ、うれしかった。

ハーブ&ローズガーデンをあとにした私たちは、あまりにお腹がすいたので、近くにポツンとあった『おむらいす』と書いてある小さな店に入った。

外装もそうだが、店内も木がふんだんに使われていてあたたかみがある。

ランチを注文すると、ほどなくして香ばしいにおいがただよってきた。

「チキンライスって、この世でいちばん好きな食べ物なの」

唐突にナツさんが言った。

「そうなんだ?」

「オムライスもさ、デミグラスとかのソースがかかっているよりも、昔ながらのケチャップ味がいちばん美味しいと思うのよね」

「じゃあ、自分で作ったりもするの? 食べてみたいな、ナツさんのオムライス」

私が言うと、ナツさんは目を輝かせてうなずいた。

「いつでも作れるわよ。ケチャップライスもね、まず、ケチャップをフライパンで火を加えて水分をとばすのがコツなの」

「じゃ、ぜひ招待してね」

「モチのロンよ」

「なに、その言い方。なんか昔っぽい」

そんなことを言っているうちに、料理が来た。

少し小さめのオムライスに、サラダ、スープと次々に運ばれてくる。

スプーンを卵に入れてみると、外からはしっかり焼いているように見えた卵が、実は中はトロトロで、あざやかな朱色のライスにこぼれ落ちていった。

ひと口食べてみると、一瞬で美味しいとわかるくらい完璧だった。

ナツさんに目をやると、左手親指と人差し指でワッカを作り、〝グッド〟のサインを出している。合格らしい。

あっという間に食べ終わり、食後のドリンクを飲んでいると、ポケットの中でスマホが震えた。メールが届いたらしい。

スマホを開くと同時に、周りの音が聞こえなくなる。

正彦からのメールだった。


『明日帰ってくるんだっけ？

土産は、食べ物でよろしく！

ヒマだから今度プールに行こう』

短いメールを三回くり返して読み直し、スマホをしまう。返事は、あとで返そう。

そんなことを考えていると、

「感情を抑えちゃダメ」

と、ナツさんの声が耳に入った。ナツさんが真剣な表情で見つめてくる。

「今、うれしいんでしょう？　だったらそれを感じなきゃ」

「え、どういうこと？」

きょとんとする私に、ナツさんは迷うように首をかしげた。

「昨日もそうだったけど、光さんってムリして感情を抑えこんでいるように見えるときがあるの。まるでさらけ出すことを避けているみたい」

猿沢先生にも似たようなことを言われたな……。

「あのね」と私は口を開く。

「前に先生にも相談したんだけど、もうずいぶん長い間、泣いてないんだ」

「やっぱり。私なんて、うれしくても悲しくても泣いてばかりなのに」

「なんでかはわからない。悲しいことはあるはずなのに」

感情をさらけ出せないから泣けないのかもしれない。

「思うんだけどね……」

ナツさんがテーブルに目線を落とした。

「光さんって十四歳にしては落ち着いてるのよね。きっと、そうせざるを得なかったんだと思う。無意識に自分の感情を押し殺して、平静を装わないといけなかったのよ」

ズバリ、言い当てられている気がした。

思いっきり笑ったり、心ゆくまで泣いたりしてみたいけれど、そのやり方を私は知らない。

本当の自分が表に出たら、誰からも嫌われてしまう。そんな気がずっとしている。

ナツさんは、真剣に悩んでくれているんだ、と胸が熱くなった。まるで姉ができたかのような頼もしさを感じてしまう。

「いちばん心を許せる人に、思いっきり感情をぶつけてみたら？」

「うん、そうしてみるよ」

せっかくの旅行だし、あまり考えこんでもつまらない。

この話題はここまでにして、私たちは店を出た。

NEO《ネオ》美術館は、熱海でも市街地からはずれたところにあった。

山のほうに走ると、次第に坂道が多くなり、家も少なくなる。だんだんと寂しい風景になった坂道の上に、突如その建物が現れた。

西洋美術を展示する方針のようで、正直なところ、欧風の建物がこの街には異質な存在に映るが、それが逆に目立っていた。

実は私は、美術館と呼ばれるところに入ったのは初めてだった。

今まで抱いていたイメージとは違い、静かな環境で鑑賞する作品は、どれも作者の思いが入っているようで胸に迫りくるものを感じた。

けれど、食い入るように観ている私と反対に、ナツさんは大あくびを連発している。

「この先に休憩所があるらしいから、先に行ってるね」

ナツさんが耳打ちをし、そのまま行ってしまったので、私はひとりで鑑賞することになった。

ひとりになると、さっきのナツさんのセリフが頭をよぎった。

『いちばん心を許せる人に、思いっきり感情をぶつけてみたら?』

考えなくても相手はたったひとり、正彦しかいない。心に鎖があるならば、そのカギを持っているのは彼だけだ。

でも感情をぶつけるということは、この想いを本人に伝えることになってしまう。

ひょっとしたら正彦はうなずいてくれるかもしれない。

違う違う違う！　正彦が私を好きにならないことは、自分がいちばんよくわかっている。だからこそ、区切りをつけたいのも本当の気持ちだ。

帰ったら、正彦にちゃんと伝えてみよう。嫌われたら、そういう運命だと思おう。

私は、静かに決意した。

ホテルに戻ると、せっかくの温泉だからと、シミる体で耐えながら温泉を堪能した。

あいかわらずナツさんは混浴に行ってしまったけれど……。

夕食も、昨日とはメニューも変えてあり、最後の夜をしめくくる豪勢な内容だった。

部屋に戻ったのは、八時を過ぎたころ。明日は早めにチェックアウトするので、私たちは荷物をまとめながら、ボソボソと話をした。

「なんか、旅行の最後の夜っていつも死にたくなるの」

大胆なことを、ナツさんはズボンをたたみながらサラッと言った。

「なんで？　家に帰るとホッとするけどな」

「それは待っている人がいるからじゃない？　私なんてだぁれも待ってないし、また日常がはじまるかと思うとブルーの極みになるのよね」

「これからは違うよ」

私はちゃんとナツさんを見て言った。

ナツさんがこちらを見る。深く息を吸いこんで、私は続ける。

「ナツさんが旅行に行っても行かなかったとしても、ウチがいつも気にかけているからね」

とたんにナツさんは泣き顔に変わる。

「はい、泣かないの」

「だってぇ〜」

……本当によく泣く人だ。

私も思いっきり、感情をさらけ出して泣いてみたい。そんな自分になれるのかな、今の私に。

その夜、ベッドに潜りこんでも、私はなかなか寝つけなかった。ナツさんは隣で静かな寝息をたてている。

体を起こし、月明かりに照らされる横顔を眺めた。

父の元恋人とふたりっきりで過ごすなんて、改めて考えてみるとすごいことだ。それを自然にできたのは、やはりナツさんの存在の大きさだろう。

初めて出会った日からずっと、私はナツさんにあこがれていた。ナツさんのようになりたい、と心のどこかで思っていた。

そしてそれは、海が空になれないように、どうやってもムリなことだと知っている。

ベッドに横になり天井を見あげた。

明日、ちゃんとナツさんにお礼を言おう……。そんなことを思いながら、私は眠りについた。

8月12日、すべてが遠くなる

車の揺れとともに、ハッと目を覚ました。

起きたことに気づいたナツさんが、

「ねぼすけさん、おはよ」

と運転席で笑っている。

「ここ、どこ？」

今日は早めにホテルを出て、高速に乗った。

ひとつ目のサービスエリアで、土産物を買ったところまでは覚えている。どうやらそのあとすぐに眠ってしまったらしい。

バツの悪そうな私に気がついたのか、ナツさんが顔の前で手を横にふった。

「運転が好きだから気にしないで。もともと、新幹線使う予定だったのを強引に変えたのは私なんだし」

標識を見てビックリする。

「え……ヤバい。もう降り口なの？　……ごめん」

ナツさんは、ほほ笑みながらハンドルを切る。

高速を降りてからは、私たちは無口だった。旅の終わりが近づいてきている。

駅へ向かう道に入ったときに、ナツさんが口を開いた。

「光さん。今回は本当に本当にありがとう。この旅行、すっごく楽しかったし、ずっと忘れないと思う」

先にお礼を言われてしまった。

私は、ナツさんの横顔を見る。夏の光の中、ナツさんはやはり美しかった。

「ウチのほうこそ、感謝してます。ありがとう」

車は、スタート地点であるコンビニの駐車場に停車した。ドアを開けて降りようとしたその瞬間、ナツさんは私の手をつかんだ。

「光さん、もしよかったら住所を教えてくれない？」

「へ？」

「実家でね、梨を作っているって言ったでしょう？　今度、光さんにも送ってもらうからさ」

梨なら大歓迎だ。

あとでメールに住所を書いて送ることにして、私たちは別れた。

ナツさんが窓を開けて、手をふってくれる。そのまま遠ざかっていく車を、私はいつまでも見送っていた。

コンビニまでは、父に迎えに来てもらった。

ちょうど昼休みということで、さほど待つこともなく、白いセダンがやってきた。

「おい、真っ黒になってるな！」

助手席に乗りこんだ私を見て父は驚いている。

「ありがとね。で、バレてないよね」

父の問いかけをスルーして、気になることを先に聞いた。

「もちろん。ああ、これで堂々と生活できる」

父はナツさんとのことを聞いてはこなかった。家に着くまでの間、私はまた深い眠りに落ちていった。

車が家の前に着くと、父がそのまま帰ろうとしたので、強引に家の中に引っ張っていった。

母は驚いた様子だったが、まんざらでもなさそうに父にお茶なんか出している。

「じゃ、ウチ、部屋にいるから」

邪魔者は消えようと、廊下に出ると、父があわてて追いかけてくる。

「おいおい、そりゃないよ」

「なに言ってるの。土下座でもなんでもする、って言ったでしょ。今が、そのときだよ」

父は、「いや、しかし…」などとゴニョゴニョ言っていたが、

「大丈夫、うまくいくよ。それより、旅行の話でボロが出ないようにね」

よ」

と言って、その場をあとにした。

自分の部屋に入ると、自然に深いため息が出た。

なんか夢のような旅行だった。ナツさんも今ごろは、部屋でホッとひと息ついてるのかな……。

旅行の荷物が目に入る。カバンの横にあるのは、土産物の袋だ。

心臓が跳ねる。

正彦へ気持ちをぶつける……。たしかに決意はした。

でも、本当にできるのだろうか。

夕暮れになり、リビングに顔を出すと父の姿はなかった。

台所では母がいつもと変わらず、夕飯を作っていた。

「旅行、楽しかったんだってねぇ」

私に気づいた母が言った。

「まああかな」

ソファに座り、あいまいに答えた。父とちゃんと打ち合わせしとけばよかった、と思うがもう遅い。

テレビをつけ、興味もないニュースを見ているフリをした。

なんだか体が異様にだるかった。やはり旅の疲れが出ているのだろう。

「今夜は早く寝ようかな」

「あら。体調悪いの？　旅行の話を聞きたかったのに」

とんでもないことだ。ナツさんが言うように、こういうことに女性は敏感だから。

夕食が終わると急いで部屋に戻った。

そして、気を失ったかのように深く眠った。

第七章

途切れた糸

8月13日、幸せの基準

朝、目が覚めた瞬間、すぐにヤバいと感じた。

昨晩のだるさ以上に体も頭も重く、喉も焼けるように痛い。どうやら風邪を引いたらしい。

起きあがろうとしたけれど、あきらめてそのまま横になった。特に用事もない夏休みだし、寝て過ごすことにしよう。

一度、体調不良を感じると、どんどん悪くなっていく気分になるから不思議だ。

熱を測ったら体調不良が加速してしまいそうで、かけ布団を頭からかぶった。汗をかけば少しはよくなるかもしれない……。

それから数時間経ったのだろうか。

「光、そろそろ起きたら？」

ドアがノックされた。のっそりと起きると、体のあちこちが痛んだ。

「なんか、熱っぽい」

ドアを開けて伝えた。

母は、えっ！という顔をしたあと、

「あらあら、大変。水分持ってくるから寝てなさい」

と、言うがいなや、台所へパタパタと走っていった。

自分が起こしたくせに……。ブツブツ言いながらベッドに戻る。

母が持ってきたポカリを飲み干すと、だるさが少し和らいだ気がした。

「なにか食べなきゃ。お粥さん作ろうか？」

「いらない」

心配する母をなんとか追い出すと、私はまた眠りの世界へ戻った。


次に目が覚めたときには、昼前になっていた。スマホが鳴っている。

ぼんやりしながらも、電話に出ると、

『光さぁん』

と、ナツさんの変わらぬ元気な声がした。

『なにしてるかなぁって思って電話しちゃった』

「風邪で寝こんでる」

『ほんとだ、ひどい声』

ナツさんの明るい声が心地よく耳に届く。

『ねぇ、苦しいときに悪いんだけど、少し話してもいい？』

少しも悪いと思ってなさそうに、ナツさんは言う。

だるさも熱っぽさも今がピークな気がするけれど、「いいよ」と答えていた。

『光さんね、好きな人いるって言ってたでしょう？』

「言ってないよ、そんなこと」

『あ、そっか。顔に出てたんだった』

どこまで真面目なのかわからない人だ。ナツさんの声が鎮痛剤のように、頭の痛みを弱めてくれている。

『恋してるんだ？』

「うーん。最初からあきらめてるけどね」

『どんな人なのか聞いてもいい？』

なんでそんなこと聞くんだろう、と思ったけれど、自分の恋について話せる人はほかにはいない。熱のせいか、ナツさんには話してもいい気がした。

「幼なじみなんだよね。昔はバカなヤツって感じだったのに、なんか急にカッコよく見えちゃって。最近ずっと頭の中は、その人のことでいっぱいなんだ」

一度話しだしたら止まらない。私が正彦への気持ちを話している間、ナツさんは黙って聞いていた。

「とにかく」

話しすぎたかな、というところで私はまとめた。

「まさくん……正彦への気持ちを伝えることにしたの。絶対に断られちゃうけど、それでもいいって決めたの。そのとたん、病気になっちゃってブルー」

ナツさんは、長い沈黙をやぶるように、

『光さんの好きな人、正彦くんって言うんだ？　すごくいい名前だね』

と静かな声で言った。

「……うん。軽蔑する？　幼なじみを好きになるなんて」

『まさか』

すぐに否定してくれるナツさんは、やっぱりやさしい人だ。

『好きになる人は選べないよ。それに、人を好きになるって素晴らしいことじゃない？』

「そうかな……。今は苦しいだけだよ。こんな気持ちのまま感情をぶつけちゃっていいのかなぁ」

私には、正彦に告白をする資格すらない。ひとりで勝手に決めた〝幼なじみのルール〟を破ることで、ひょっとしたら正彦は怒ってしまうかもしれない。

ナツさんは、静かに、そしてやさしい声で『あのね』と言った。

『ぶつけていいんだよ。光さんが、やっと気持ちを素直に伝えられる相手に出会えたんだもの。こんなステキなことないよ』

ナツさんに言われると、ほんとにそんな気がするから不思議だ。

しばらく恋愛について話をしたあと、ナツさんは、

『じゃあ切るね』

と言った。

さっきまでのだるさがないことに気づいた。

「ありがとう。ナツさんにはいつも元気もらってる気がする」

『私のほうこそ、学ぶことが多くって感謝してます。光さん、早く元気になってね』

「うん、またね」

『お大事にね。さようなら』

電話を切ったあと、ベッドに横になる。満たされた気持ちと同時に、不安がこみあげている。

空には大きな月が浮かんでいる。どこかナツさんに似ている気がした。

8月15日、追いつけない影

朝起きると、昨晩までくすぶっていた風邪がすっかり治ったのを感じた。

「よし」

そうつぶやいて、下におりてゆくと母が朝食を食べていた。そして、その向かいには父が座って新聞を見ていた。

「あれ？」

思わず出た言葉に、父が「よう」と照れくさそうに言った。

「なんでいるの？」

「それは……」

口ごもる父に代わって、母が「光」と私の名前を呼んだ。

「体調はよくなったの？」

「お母さん、あの――」

「目玉焼きはどう？　なにか食べないと体に悪いわよ」

母も、なぜ父がいるかについてはスルーしたいような雰囲気だ。

「ジュースだけでいいや」

戸惑いながらとりあえず席に着いた。
「風邪だってな。大丈夫か？」
父が新聞を読みながら言う。
ふたりがあまりに普通なことがなんだかおかしくって、クスクス笑ってしまう。
「なに笑ってんの、気持ち悪い子ね」
そう言いながら、母も笑っている。
とりあえず、我が家に平和が戻ったようで安心した。
部屋に戻り、ナツさんにメールを打った。完治したことを伝えたかったからだ。
店を閉めたあとで、まだ寝てるかなとも思ったが、とりあえず送信してみる。
が……送信後すぐに『宛先不明』のメールが届いてしまった。
もう一度送信してみるが、同じ結果。
しばらくぼんやりと考えこむ。そうだ、電話すればいいんだ。
けれど、無情なアナウンスが耳に届く。
『お客様のおかけになった番号は、現在、使われておりません……』
あわてて、着替えて外に飛び出す。
「なんで……？　どうして？」
気がつくと走りだしていた。

バス停に向かっていると、正彦が前を歩いていた。前はドキドキして声もかけられなかったのに、緊急事態の今は別だ。

「まさくん！」

「おー久しぶり。早くプール行こうぜ。夏が終わっちゃうよ」

はぁはぁと息をつきながらなんとか口を開く。

「連絡できなくてごめんね。旅行のあと、風邪を引いて寝こんじゃってた」

「お前が風邪引くなんて珍しい」

私の焦りも知らないで、正彦は憎まれ口をたたいてくる。

「あ、今はそれどころじゃないんだった。またね！」

走りだせば、頭が割れるように痛い。

ナツさんになにかあったのだろうか……。どうしてメールも電話もつながらないの？

バス停までようやくたどり着いたとき、うしろから正彦が駆けてくるのがわかった。

「なに？　どうかした？」

吹き出す汗をハンカチでふきながら尋ねると、正彦が「いや」と目を丸くした。

「それはこっちのセリフ。なにかあったのか？」

「ちょっと駅にね。まさくん、これから部活でしょ？」

「いや、今日からお盆休み」

「じゃあなんでそんな格好なの？」

正彦は、ジャージにテニスラケットを背負っていた。

「ヒマだし学校のコートで練習しよっかなって……。よかったらつき合おうか？」

本来なら断るべきなのだろう。でも、ナツさんのことが心配で仕方がない今、正彦にそばにいてほしい。

「じゃ、ウチとつき合って」

恋の告白もどきをしてみせるが、正彦は気づく様子もなくうなずいた。

バスに乗っている間、私は改めてナツさんとの旅行と、我が家で起きた騒動について詳しく話した。

もちろん、正彦への片想いの話は飛ばしたけれど。

正彦は真剣に聞いてくれて、

「光、大変だったんだな」

と、やさしい言葉をくれた。

バスを降りると、駅前から飲み屋街を抜けて、ナツさんのスナックへと急いだ。

店が遠くに見えたとき、私のイヤな予感は大きく膨らみ、現実のものになろうとしていた。遠くからでも、閉まったシャッターに貼り紙がしてあるのが見えたからだ。

『永らくご愛顧いただきましたスナック夏風は、誠に勝手ながら閉店致しました。皆様には大変お世話になりました。厚く御礼申しあげます。』

帰り道は、行きよりも長く感じた。

正彦が励ましてくれていたが、作り笑いをするのが精いっぱい。

なぜ？　どうして？

何度くり返して考えても、まったくわからなかった。

ナツさんはいったいどうしたのだろう。私に黙っていなくなるなんて。裏切られた気持ちが強いが、なにかあったのではないかと心配にもなる。

正彦が家までついてきてくれたおかげで、なんとか帰ってこられたが、私は確実に混乱していた。

8月18日、残されたもの

――夢を見た。

ナツさんがいた。熱海のホテルの部屋でそれぞれのベッドに座って向かい合っている。

また会えたことがうれしかったけれど、ナツさんは寂しそうにほほ笑むだけ。

なぜ黙っていなくなったのかを尋ねたかった。でも、言葉にしたら今度こそ本当に会えなくなる気がして、私は黙っていた。

「人には誰でも役目があるのよ」

ナツさんが言った。美しい瞳が諭すように私を見つめている。

「私の役目は終わったのよ」

ナツさんは長い髪をかきあげると、私を見て言った。

「だって」

ようやく声が出た。

「だって、友だちって言ったじゃん。これからはウチがナツさんを気にしているって……」

ナツさんはまるで私の話なんて聞いていないかのように、

「もう、行かなくちゃ」

とつぶやいた。

「待って。行かないでよ」

悲しみの波に溺れそうになりながらも、私は言った。

けれどナツさんは、立ちあがる。そして、ほほ笑みながら消えていった――。


目が覚めても、現実は変わらなかった。

ナツさんは、本当にいなくなってしまったんだ。私には理由はわからないけれど、これが現実。

起きあがると、机の上に置きっぱなしのフィギュアと目が合った。子どものころに好きだったアクションヒーローのフィギュアだ。ずっと置いてあったのに、あることさえ忘れていた。

「ナツさん……」

いったいなにが起きたのだろう。どうしてなにも言わずにいなくなってしまったの？

スマホが着信を知らせた。ナツさんかも、とあわててスマホを手にすると、画面には『まさくん』の文字が浮かんでいた。

『なぁ、もう何日も家にいるんだろ。そろそろ外に出てこいよ。ヒマで死にそう』

いつもと変わらない声に、安堵《あんど》する自分がいる。

「でも、そんな気分になれないんだよね」

正彦の誘いはうれしいけれど、頭の中はナツさんのことでいっぱいだ。

『そっかぁ。せっかくナツさんのこと調べたのになぁ』

「本当に⁉」

『じゃ、明日朝からプール行こうぜ。迎えに行くからさ。そんときに教えてやるよ』

「……わかった」

私は観念した。同時に、正彦が心配して調べてくれていたことに胸が熱くなる。

『あ、ついでに宿題の数学見せてな。持っていくから』

ちゃっかりしてるんだから。

電話を切ったあと、私は考えこんだ。

正彦は、会ったこともないナツさんのことを、どうやって調べたのだろう……。

それでも、私を気にかけていてくれることがうれしい。たとえ、友だちとして心配してくれていたとしても。

夕方、母に言われて近くのスーパーに出かけた。近いといっても、自転車で十分かかる距離なのだが、久しぶりに外に出たので新鮮な気分。

セミは過ぎゆく夏を惜しむかのように鳴いて啼《な》いて、泣いている。

スーパーに着いたころには汗をかいていた。一歩店内に足を踏み入れると、クーラーが体の火照《ほて》りを冷ましてくれて気持ちよかった。

母の注文どおりに、カゴに牛乳と白菜を入れ、レジに向かおうとしたそのとき、見覚えのあるうしろ姿を見つけた。

「猿沢センセ」

ふり返った猿沢先生の顔がパッと明るくなった、

「まぁ、山本さん！」

「お久しぶりです」

「すごい偶然ねぇ～、こんなところで会うなんて」

まるで生き別れた友に再会したかのようによろこんでいる。

「この街のスーパーってあんまりないから、誰かには出会いますよ」

私が笑って言うと、

「あいかわらずクールね」

と、あきれた顔をしていた。

猿沢先生は、思い出したかのように首をかしげた。

「最近はどう？　ご家庭でいろいろあったって言ってたから、気になっていたのよ」

「それならもう解決しましたよ。以前より夫婦の仲はよくなったみたい」

「そう、よかったわね。その……お父様の好きな女性って、まだ山本さんと仲がいいの？」

猿沢先生は、ためらいがちに聞いた。

「その人なら、つい先日ね……」

そう言いかけたときだった。鼻が急にツーンと痛くなるのを感じた。

なんだ、この痛みは……。

「あ、あの……。その人とはもう会っていません」

なんとか言えたが、まだ鼻が痛い。鼻から目頭までジーンとした熱さを感じる。

そして、思いあたった。

──私は今、泣こうとしているんだ。

猿沢先生は、そんな私に気づいてない様子で、深くうなずいている。

「そうね。不自然な関係だもの、あまり会わないほうがいい気がするわ」

適当に話を合わせているうちに、鼻の痛みも消え、平常心が戻ってきた。

夜になり、父と母と食卓を囲んだ。

父はよく笑い、母もすっかり角が取れてニコニコしている。

いろんなことが終わり、形を変えてはじまっていく。

部屋に戻り、ベッドで横になる。

ナツさんを思い出し、もう一度泣こうと試みたが、あのツーンとした感じは何度試しても現れることはなかった。

第八章

こぼれおちるもの

8月19日、私が破ったルール

市営プールは、ものすごい人だった。子どもから高齢者まで、この街にはこんなに人がいたのか、と思うほどの人気ぶりだ。

そして私は今、プールそばのテーブルで正彦に宿題を見せている。

「せっかくプールに来たんだから泳ごうよ」

ふくれっ面の私のことなどまったく気にする様子もなく、正彦は宿題を写している。

「家に帰ってから写せばいいのに」

「俺の性格だと、家じゃ百パーやらないだろ」

なぜか自慢げに言ってくる正彦。

「お腹すいた。写させてあげてるんだから、なんかおごって」

抗議すると、チェッと舌打ちをしたあと五百円玉をくれた。

「ありがと。なんか買ってくる」

そう言い残して、私は出店を物色しに行った。

正彦からは見えない位置まで移動したところで、大きく深呼吸する。

久々に正彦と遊んでいて、しかもお互い水着の状態だ。それだけでドキドキするなんて、まるで中年のエロオヤジみたい。

正彦にとっては、友だちとプールに来ただけでも、私にとってはある意味デートなのだ。テンションがあがるのは仕方がない。

それでも、ナツさんがいなくなって以来ふさぎこんでいた私にとって、正彦の存在は助かるし、さらに大きく感じている。

自分が好きになった人が正彦で、本当によかった。あんなにやさしい人、めったにいないと思うから。

たこ焼きとジュースを買って戻ろうとしたとき、聞き覚えのある声がした。

「光じゃん!」

ふり向いた瞬間、表情がこわばってしまった。

「紗耶香……」

そこには中学生にしては派手な水着を着た紗耶香が立っていた。体の成長が水着に追いついてないと思ったが、言わないほうが賢明だろう。

正彦とふたりで来たことがバレてしまう、と焦ったが、よく考えてみたらそんなこと悩む必要もない。

毎年のようにふたりで来ているわけだし、はたから見ても私たちは友だちにしか見えないのだから。いや、はたから見なくても友だちか。

「光も来てたんだ。こう暑くっちゃ、プールでも来ないと体がもたないよね」

紗耶香は、手にジュースのカップをふたつ持っていた。私の視線に気づいた紗耶香が、ニンマリと笑う。

「実はね、カレシと来てるんだ」

「ええっ？　いつの間にできたの？」

「えっとね……」

もったいをつけるように紗耶香は体をくねらせる。

「先週かな。カレシは高校生なんだよ。やっぱつき合うなら、年上の大人な人がいいし」

「へぇ……。よかったね」

「ありがと。光は誰と来てるの？」

「……まさくんとだよ」

「ふぅん。よろしく言っておいて。じゃ、またね」

紗耶香は言うだけ言って、さっさと行ってしまった。

あれほど正彦のことを好きだと言っていたのに、『ふぅん』で済んでしまうところが紗耶香らしい。

ああいう移り身が早い人はうらやましい。がんじがらめになってしまう人よりも、幸せになるチャンスに恵まれているもの。

友だちというルールを破ろうとしているのは、まぎれもない私だ。正彦は、ずっと変わらずにそこにいたのに。

ナツさんに出会う前は、正彦への想いでずいぶん悩んだが、今では心のどこかでそれを受容している。

彼女が変えてくれたのか。それとも、自分で変わりたいと願ったのか。

もうナツさんに聞くことはできなくなってしまったけれど、ものごとを気楽に考えることができるようになったのは、〝成長〟と呼んでもいいのかもしれない。

正彦のもとへ戻ると、ようやく宿題を写し終わったらしく「サンキュー」と、伸びをしていた。

「こっちこそ、ごちそうさん」

たこ焼きを見せると、よろこんで食べている。このまま時間が止まればいいのに。

世界中の時間が止まれば、正彦を好きな自分をさらけ出すことができる。

「あ、さっき紗耶香を見たぞ」

正彦が口をモゴモゴさせながら言った。

「今会ったよ。高校生のカレシと来てるんだってさ」

「あいつらしいや」

笑う正彦を見て、私は心で謝る。

アナタヲ
好キダト
言イマス
ゴメンナサイ

記憶というのは曖昧《あいまい》なもので、家の近くの裏山にある公園に久々に行くと、大きさも景色も、昔見たそれとは違って見えた。

私たちは自転車を押して、さらに上にある丘の頂上に着いた。

数メートルの小さな丘だが、街を見おろすことができる。小さいころ、正彦とよく遊びに来た場所だ。

「あのころは高く感じたのに、今はそうでもないな」

正彦が眼下を見渡しながら言った。

たしかに昔はこれを山だと信じ、〝裏山〟と呼んでいた。何年かぶりに来ると、すべてが小さく、そして低く見える。

土手の部分に正彦が座ったので、私もそれにならう。はるか向こうからやってくる夕焼けが、街をオレンジに染めてゆく。

「たまにはプールもいいよな。めちゃ混みだけどさ」

「うん」

「……気分転換になったか?」

正彦を見ると、彼はオレンジを見つめていた。

「ありがとう。楽しかったよ」

心からの言葉だった。

「で、ナツさんのこと調べてくれたんでしょ?　早く教えてよ」

いつもこうだ……。彼にやさしくされると、つい強気な言葉を向けてしまう。

「わかってるよ。先週の夜、あの店に行ってみたんだよ」

「ええっ、飲み屋街に?　夜に?　ひとりで?」

「質問ばっかだな」

正彦は苦笑して、

「まぁ、最後まで聞け」

と、私を制した。私がうなずくのを確認すると、正彦は話を続けた。

「当然、ナツって人の店は閉まってたんだけど、隣のスナックは営業してた。だから、ドアを開けて入ってみたわけ」

「自分でもそう思う。店のママみたいな人も、こんな中学生が入ってきてビックリしてたけど、『ナツって人を探してる』って言ったら親切に教えてくれたよ」

得意げに正彦は言った。

「すごい行動力……」

「で、なんて?」

先をせかしてしまう。

「急に母親が倒れたんだって。面倒みなきゃいけないらしくて、実家のほうで店をやることにしたらしい。あわただしく出ていったってさ」

「そっか……」

なるほど、と納得している様子の私を見て、正彦は不思議そうな顔をしている。

「意外に平気そうだな」

「うん、そうだね。……なんか、いろいろと区切りをつけなきゃいけない時期が来たんだと思う」

「いろいろってなんだよ?」

正彦の問いかけに、ついにこのときが来たのだ、と私は緊張した。

そう、区切りをつけるんだ。断られるのは最初からわかっていること。うまくいくはずがない。

それでも、ちゃんと区切りをつけたい。

その場に立ちあがると、つられて正彦も腰をあげた。

〝腹が決まる〟という言葉は知っていたけれど、実際に経験するのは初めてのことだった。

自分でも不思議なくらい、私は落ち着いていた。

正彦の目を正面に捉えて、私は心を開放する。

「まさくん、あなたのことがずっと好きでした」

正彦は、「はぁ？」と言ったあと、笑おうとした。けれど、私の表情を見て固まってしまった。

「え……ちょっと待ってくれ」

「ごめんね。これも区切りなんだ。ウチ、ずっとまさくんが好きだった。好きでたまらなかったの」

意外にも私は笑っていた。感情を思いのままに伝えることができて、うれしかったから。

「……マジで言ってんのか？」

まだ半信半疑のようだ。そうだよね、友だちからこんな告白されると思わないもんね。

正彦は落ち着きなく、手をブラブラさせている。

「返事はわかってるから言わなくていいよ。ただ、区切りとして伝えたかったんだ」

しばらく正彦は視線をさまよわせていたけれど、やがて私の目をまっすぐに見つめた。髪に瞳に、オレンジ色の光が降り注いでいる。

「俺は……光をこの世でいちばん大切な友だちだと思ってる」

正彦は言葉を選びながら、ゆっくりと言った。

私は深くうなずく。その言葉だけで心が満たされていくのがわかる。

「これからもそう思ってほしい。勝手にコクっておいてあつかましいけどさ」

「もちろんだよ。友情のほうが長く深いぜ」

「クサいセリフ」

なんだよーと、正彦が頭を軽くたたく。

私は笑った。正彦も笑った。しばらく笑ったあと、私たちはまた土手に腰かけた。

夕暮れは、次第に夕闇になり、果てには夜の黒が見えてきた。

長い沈黙のあと、正彦が私を見て尋ねた。

「区切り、ついたか?」

「そうだね。なんとなくスッキリしてる」

「なんか、俺にできることあるか？」

「いやぁ、別に……」

そう言いかけたとき、またあの鼻の痛みが生まれた。まるでマグマのように、体の奥底からこみあげてくるもの。

これは……なに？

正彦と目が合う。

正彦に想いは受け入れてもらえなかった。最初からわかっていたけれど、やっぱり私の恋は叶わなかった。

鼻の痛みが強くなる。これは……この感情は、悲しみだ。

視界が急にぼやけたかと思うと、悲しみがあふれだした。それは、ポロポロではなく、次から次へとあふれでて、ダムが決壊したかのようだった。

鼻水まで出てきてしまい、嗚咽《おえつ》まで漏れる。

「おい、泣くなよ」

正彦がオロオロしている。それでも私には止められない。

あぁ、そっか。私はずっと泣きたかったんだ。

正彦が左手を伸ばして、私の肩を抱き寄せた。今まででいちばん正彦が近い。

ありがとう、そう言いたいのに声にならない。

「いいよ、黙って泣いとけ」

正彦の言葉は、体を通じて聞こえてくるようだった。

私は、正彦をそばに感じながら、心ゆくまで号泣した。


ようやく涙が売り切れになり、静けさが戻ってきた。

あたりはだいぶん暗くなってきている。

正彦はまだ肩を抱いてくれていた。彼の呼吸やにおいを感じた。

好きになってよかった。そう思えた。

そして、私は気づいた。

ついに泣くことができた。涙を流すことができた。感情を伝えることができた。

とたんに、今度は笑いがこみあげてくる。

「おい、なに笑ってんだよ。忙しいヤツだな」

「ごめんごめん、まさくんありがと。もう大丈夫だから！」

私は、正彦の手をすり抜けて土手に立つ。

「ほんとにスッキリしたみたいだな」

正彦は安堵の表情を浮かべて、私を見あげている。

「うん。なんだかこんなにスッキリした気分、久々だよ」

思いっきり伸びをしてみた。強がりではなく、本当に体も気持ちも軽くなったような気がした。

それから、私たちはたわいない話をしながら家路に着いた。

8月31日、彼女の雨

「はぁ？　仲直り旅行？」

私は、朝食のパンを落としそうになりながら、のんきにほほ笑むふたりを見た。

「お父さんがね、ぜひ行こうって誘うもんだから。ね？」

母は隣にいる父をチラチラ見ながらうれしそうに言う。

「数日だけだから、しっかり留守番を頼む」

父もまんざらでもない様子だ。

「ウチも行きたい」

一応言ってみたが、ふたりそろって「ダメ」と拒否られてしまった。

ふたりは九月中旬の週末、温泉旅行に行くらしい。まったく……この間までの騒動はなんだったんだ。

「いいなぁ。家族旅行にウチも行きたいなぁ」

「明日から学校でしょ。それに、光はこの間お父さんと熱海に行ったじゃない」

そう母に言われてしまっては、もはやなんにも言えなくなってしまう。

ふくれっ面でパンを口に押しこむ。

「今さら、弟とか妹はいらないからね」

憎まれ口をたたいて外に出かけた。

外はまだまだ夏らしい暑さで、今日も快晴だ。

あれから、正彦とは毎日のように会っている。もっぱら宿題を写させたり、教えたりすることばかりだけど。

正彦は以前と変わらず接してくれていて、それだけで十分うれしかった。

ナツさんとはあいかわらず連絡がとれないままだ。今ごろ、実家のそばでお店を開いているのかな。

ナツさんの存在なんてまるでなかったかのような日々が続いてゆく。

それでも、この夏休み、たしかにナツさんはいた。そして、彼女は私にたくさんの大切なことを教えてくれた。

今までは、どんなに悲しいことや悩みごとがあっても、自分の中で抑えることで、波風をたてないようにしてきた。そうすることで、穏やかな海を維持しようとしていたのかもしれない。

そんな私に、ナツさんは空から風を起こしたり、雨を降らせたりすることで、ありのままの自分を表現することを教えてくれた。

——私が海なら、彼女は空。

私は空になりたかったけれど、今は違う。海は海のままでいい。私の居場所は、ここなのだとやさしく教えてくれた気がしている。

いつかまたナツさんに会えることがあったなら、私は彼女に言いたい。

あなたのおかげで、私は泣くことができたよ。

感情をぶつける大切さを知ったよ。

ナツさん、ありがとう、と。

通りの向こうから正彦がやってくるのが見えた。真っ黒な顔でニコニコ笑っている。

「さぁ、宿題も終わったし、今日は一日遊びまくろうぜ」

「宿題終わったのは誰のおかげかな？　ウチが満足するプランをよろしく」

「まかせとけ！」

正彦は自分の胸を笑いながらたたいた。

彼は——私のいちばん大切な友だちだ。

エピローグ

――ピンポーン、ピンポーン。

チャイムの音に目を覚ます。

誰か出てくれるだろう、と目を閉じた瞬間に気づく。そうだ、両親は〝仲直り旅行〟に行っちゃってるんだ、と。

あわてて飛び起きて、階段をおりる。

九月の半ばともなると、家の中の温度もだいぶ過ごしやすくなっている気がした。

日曜日の朝っぱらから誰だろう。

扉を開けると、運送会社の配達員が荷物を持って立っていた。

愛想よく帰ってゆく配達員を見送って、私はリビングに荷物を置く。それは、なかなか大きなダンボール箱で、側面には『二十世紀梨』と書いてあった。

えっ！　梨!?

宛名を見ると、『山本光様』と書いてある。私宛て……。

胸が急にドキドキしだした。

送り主を確認すると、『鈴木《すずき》夏美』ときれいな文字で書いてあった。

ナツさんだ。鈴木という名字だったんだ……。

住所は、ナツさんの実家であろう山梨県の住所が記されていた。

箱を開けようとするが、ハサミがないと結んであるビニールのヒモが切れず、家の中を走り回ってハサミを探した。ようやくヒモを切り、箱を開く。

ふっと、ナツさんの香水を感じた気がしたのは気のせいか。すぐにそれは、梨の香りに消えてしまった。

梨は十個入っていた。その上には白い封筒が置いてある。

中の便箋《びんせん》を開くと、『光さんへ』という文字が目に入った。

ソファに腰をかけ、私はそれを何度も読んだ。

読み終えると封筒に戻して、梨をひとつ手に取ってみた。

そして、私の夏が終わったことを静かに受け止めた。

あとでナツさんに連絡をしよう、そう心に決めながら。

＊＊＊

光さんへ

お元気ですか、の前にまずは謝らせてください。

旅行にまで一緒に行ったのに、勝手に姿を消してごめんなさい。

あのあと、実家の母が倒れたと連絡があったのです。

急いで駆けつけたのですが、母は脳梗塞《のうこうそく》を起こしており、今後は介護が必要な体になってしまいました。

そのとき、思ったのです。区切りをつける時期がきたんだ、と。

店をしまい、実家に帰りました。

光さんのことは、毎日気にしていましたが、光さんにとって私はお父さんの元恋人。

だから、この関係を続けることはよくない、と思いました。

ゴメンナサイ。

携帯電話の番号を変え、メールアドレスも変えて、心機一転がんばろうと決めたんです。

それでも、いつも頭の片隅にあるのは光さんのことでした。ひどいことをしてしまった、と後悔ばかりが続きました。

私は心のどこかで、光さんのようになりたい、と思っていたのだと今ならわかります。

実は、昨日新しいスナックをオープンしました。

お店の名前は『スナック夏《なつ》の光《ひかり》』にしました。

笑っちゃうでしょう?

今は母の代わりに梨を作ってるんですよ。

もしも、許してくれるなら、もう一度私と友だちになってほしいです。よかったらお電話ください。

番号は、宅配便の伝票に書いてあります。

勝手なお願いばかりでごめんなさい。

それでは、新学期もがんばってね。

鈴木夏美

P.S.
正彦くんに想いは伝えられましたか?

最初に聞いたときは、正直驚いちゃったけれど、この世にはいろんな愛の形があると思います。

あのときも言いましたが、好きになった気持ちが大切だと思います。伝えずに苦しむよりも、感情をぶつけるほうを私なら選びます。

がんばってくださいね。

そうそう、旅行は楽しかったですね。

今でも昨日のことのように思い出します。でも私たちって、よく考えると怪しい関係に見えちゃったかもね。

親子ほど歳は離れていないし、姉弟ほど近くもない。

それでもね……。

若い男の子と旅ができたことは、私にとっては一生の宝物です。

星になりたかった花火

第一章

あの夏への切符

光さんへ

こんにちは、ナツです。

いつもメールでやり取りをしているから、突然の手紙に驚いていることと思います。

梨と一緒に送った手紙のこと、覚えていますか？

あれから二年近く経ったなんて信じられません。

時間の流れって本当に早いものですね。

光さんももう高校一年生。

新しい生活には慣れましたか？

今日は光さんにお願いがあって手紙を書きました。

夏休みに私の家まで遊びに来ませんか？

一泊二日くらいでどうでしょう？

文字だけのやり取りじゃなくて、たまにはあなたに会いたい。

新幹線のチケットを送るので考えてみてくださいね。

ナツより

＊＊＊

夏が、朝からこの町をまぶしく照らしている。

白いワイシャツ姿のサラリーマンが、ゴールテープを切るように改札を通り抜け、構内へと吸いこまれていく。

駅前のバスターミナルには長蛇《ちょうだ》の列がくねくねと続いている。六番乗り場から出るバスだけは、うちの生徒くらいしか乗らないから、それほど混んではいない。

セミは朝からにぎやかに合唱をしていて、列にいるだけで朝だというのにもう暑い。

前に並んでいる生徒たちが、「ひゃあ！」とウワサ話で盛りあがっている。

「光」

音の洪水の中でも、彼の声だけはすぐにわかる。

「おはよう。今日は朝練じゃなかったっけ？」

「テスト期間中は禁止。自主練くらい許してくれてもいいのにな」

隣に並んだ正彦は、そう言いながらも通学バッグと一緒にテニスラケットを背負っている。放課後こっそり練習に行くつもりなのだろう。

また身長が伸びた気がする。また肌の色が濃くなったように見える。

バスに乗りこむと、いちばんうしろの席に私たちは座った。

「それにしても、まさか俺たちが私立高に進むなんてなあ」

ガクンとバスが一回揺れて走りだした。駅前の風景がなめらかに夏に溶けはじめる。

「ウチはもともと行きたかった高校だけど、まさくんも同じ高校に進むなんて意外だった」

「テニスが強いとこってここくらいだし。ライバルが異様に増殖してるから大変だけどな」

正彦は、車内の生徒を見渡してから私に目を向けてきた。

「光は今日もジャージなわけ?」

「これがいちばんラクだし」

私がこの高校に通いたかったのは、制服がいくつも用意されているからだ。ぜんぶで六種類あり、上下の組み合わせも自由。さらに、紺色のジャージを制服代わりに着てもOKとのこと。ジャージだけでも、上着、シャツ、短パンまで各種そろっている。

私はいつもオーバーサイズの長袖シャツに足首までの長さのジャージを着ている。

「制服が気に入ったからここにしたんだろ? なのになんで?」

正彦は白シャツに紺のパンツ姿で、入学してすぐのころは学ランを着ていた。

バスに揺られている生徒も選んだ制服はさまざまだ。女子では今どき珍しいセーラー服を着ている人が多く、次いでブレザーで、ズボンを穿いている子もちらほら。

上下の組み合わせも自由なので、まるで違う学校の生徒たちが乗っているように見える。

「ジャージで通学したほうがラクだから。そのうち違う制服にもチャレンジするつもり」

早口で説明してから、通学バッグから教科書を取り出す。

「それよりテストのほうは大丈夫なの？　数学がヤバいって言ってなかったっけ？」

そう尋ねる私に、正彦は興味を失ったように腕を組んだ。

「人間にはあきらめが肝心。なんとかなるっしょ」

目を閉じ、寝る態勢に入ってしまった。

その横顔をさりげなく盗み見る。

栗色に染めたやわらかい髪がよく似合っている。シャープなあごに、ワイシャツから飛び出ている太い腕と大きな手。窓から差しこむ朝日が、彼をキラキラと輝かせている。

――彼は友だち。

中学二年生のときに告白をしてからは、ずっとそのルールを守ってきた。

同じ高校を選んだのは偶然だし、友だちならありうる話。同じクラスになれたのも、友だちだからうれしいのは当然のこと。

片想いが密かに継続していることがバレなければ、きっと大丈夫。

バスから降りると同時に、自転車通学組の莉緒《りお》が私を見つけて手をあげた。

「じゃあな」と正彦もほかのクラスメイトを見つけて駆けていく。

莉緒は今日も肩までの長い髪を風に躍らせている。大きな瞳に白すぎる肌はアイドルにいてもおかしくないくらいにかわいい。

「おはよう、ってまだジャージなの？　なんか、おもらしして着替えたみたいに見える」

こんなにかわいいのに莉緒は毒舌だ。思ったことをポンポン言ってくるのが莉緒の特徴。本人は気にしていない様子だけど、少しは気にしたほうがいいと思う。

「莉緒だってメークしてないじゃん。校則がゆるいからメークをがんばる、っていう宣言はどうなったの？」

「そのつもりだったけど、男子って意外にメークしてる女子を敬遠する傾向があるし。とりあえず、しばらくはナチュラルメークで勝負することにしたの」

自転車置き場に愛用の自転車を置いた莉緒は、自慢の長い髪をさらりと指先でといた。この高校には髪を結ぶという校則もない。

「光もずいぶん髪が伸びたね。男子の中ではいちばん長いんじゃない？」

「バンドマンだ、ってウワサもあるみたい。そういうつもりじゃないんだけどな」

肩の下あたりまで伸ばした髪はまだ染めていない。もちろんメークもしていないいまだ。

「たしかに、おもらししたバンドマンに見えなくもない」

なんて、どこまで本気なのかわからないことを言う莉緒。

教室に入ると、さすがに期末テスト初日だけあり、机の上にテキストを広げている生徒が多かった。

窓側の席に着くと、ガラス越しなのにさっきよりもセミの声が近くに聞こえる。

教室を見渡すと半数の女子は半袖のセーラ服で、ブレザータイプの子は半袖のワイシャツにリボン、グレーのスカート。ふたつの制服を交互に組み合わせている子もいたりする。

一方の男子は、学ランの生徒は黒色のパンツ。ブレザー組は、ネクタイとグレーのパンツを身につけている。

この間まで着ていた正彦の学ラン、似合ってたな……。

ため息をそっと机の上にこぼした。

一度はあきらめた恋だった。あれから二年、消えたはずの想いは今もここにある。告白をしたからだろう、前ほどの苦しさはない。そんな、十二年目の恋。

穏やかな気持ちで続く片想いもあるんだね……。

「ねね、光」

前の席にどすんと腰をおろした莉緒が、私を現実世界に呼び戻した。

「どうかした？」

「こないだの話、考えてくれた？」

「こないだの……ああ、まさくんのこと？」

「ちょ、声がでかいって」

莉緒は、入学式の日、正彦にひとめ惚《ぼ》れをしたそうだ。あれから三カ月、いまだに気持ちは続いているらしい。

誰も聞いていないことを確認してから、莉緒は顔をグッと近づけてきた。つるんとした頬がうらやましい。

「中学時代からの親友なんでしょ？　だったら協力してよ」

「協力できない、って何度も言ってるじゃん。昔、そういうことをしたときに、めちゃくちゃ怒られて大変だったんだよ」

中学二年生の夏休みを思い出すと、口の中が苦くなる。私が友だちに協力したせいで、正彦との仲がこじれてしまった。

「そこをなんとか！　おもらししたみたい、なんてもう言わないから」

莉緒は拝んでくるけれど、あんな思いをするのは二度とごめんだ。

運よくチャイムが鳴ってくれたおかげで、莉緒は自分の机に戻ってくれた。

人間は成長する生き物。正彦を怒らせたくないし、莉緒は気づいていないけれど一応はライバルなわけだし……。

テストの日特有の緊張した空気感が教室を満たしてゆく。正彦はあきらめたのか、机に突っ伏している。

「彼は、友だち」

呪文のようにくり返す言葉を、今日もつぶやく。

本当の気持ちを見ないフリをしていれば大丈夫。次を求めなければ、きっと大丈夫……のはず。

この世には絶対に届かない想いがある。それはどんな奇跡が起きようと、どんなシチュエーションになろうと変わらない。

いい加減、あきらめなくちゃ。

気持ちを切り替えようと、通学バッグからナツさんの手紙を取り出した。夕べポストに届いた手紙を、もう何度も読み返した。

青色の封筒が、彼女と過ごした短い夏を思い出させる。一緒に熱海旅行に行ったなんて、今思えばすごいことをしたんだな。

新幹線のチケットが入っている小さい封筒を初めて開けてみる。

私の住む駅から山梨までは新幹線と在来線を乗り継いで行くそうで、それぞれの片道分のチケットが入っている。

「え……」

思わず声が出てしまった。チケットがふたりぶん入っていたからだ。

チケットと一緒に添えられたメモには『友だちと一緒に来てね』と書かれてあった。

こういうところがナツさんらしくて笑ってしまう。

久しぶりにナツさんに会って話を聞いてもらいたい。

だけど、母はきっと反対するだろうな。

ナツさんは父の元恋人、いや正しくは元愛人だ。父にアリバイ作りの協力をしてもらおうにも、両親はもう別居しておらず、前よりも確実に仲良し夫婦になっている。

「どうしようかな」

つぶやくと同時に、ホームルームの開始を知らせるチャイムが鳴った。

「こんなのダメだ」

「行ってくればいいじゃない」

ナツさんの手紙を見せると、父と母は真逆のことを言った。

今夜のメニューはハンバーグ。食べはじめてしばらくしてから、おそるおそる山梨に行きたいということを話したのだ。

眉をひそめる私に、父が「いや」と咳払いをした。

「年ごろの男子がナツの家に泊まりに行くなんて、いくらなんでもおかしいだろ」

「へえ、いまだに彼女のこと呼び捨てなのねえ」

さらりと嫌みを口にした母に、父の顔は一瞬で真っ青になる。アワアワと体を動かしてから、今度は必死で首を横にふった。

「ちがっ、違うんだ！　ナツさんって言おうとして、つい間違えて……」

「別にいいわよ。もう連絡はとってないんでしょう？」

「神に誓って言える。電話番号も変えたし、メルアドだって――」

胸を張る父に母はわざとらしくため息をついた。

「お父さんのスマホを変えたのは私。メルアドも同じく私が変更したの。自分の手柄にしないでちょうだい」

「……すみません」

私が持つ新幹線のチケットを奪うと、母は中を確認した。

「せっかくだから行ってくればいいじゃない」

「……いいの？」

まさか母から許しが出るとは思っていなかった。

上目遣いで尋ねる私に、母は「もちろん」とあっさり答えた。

「あんまり言わなかったけど、お母さん、ナツさんに感謝してるのよ。中学二年生の秋から教室に通えるようになったのだって、きっとナツさんのおかげだろうし」

「あ、うん……」

父と母が仲直り旅行に出かけている間に、ナツさんから梨が届いた。その翌日から、私は保健室ではなく教室に通うことができるようになった。

ナツさんと過ごした夏が、私を変えた。正彦に告白することができたり、自分自身を認められるようになった。

それに……と、目の前のふたりを見る。険悪なふたりが仲直りできたことも大きな要因のひとつだ。でも、今それを言うのはやめておこう。

「チケット二枚あるんなら、お母さんも行こうかしら」

「なっ……！」

口をパクパクさせる父に、「冗談よ」と母はチケットを返してくれた。

「なにかお土産を用意しなくちゃね。お父さんも昔、とってもお世話になったことだし」

もう父はどうしていいのかわからない様子で、叱られた子どもみたいに肩をすぼめている。

てっきりふたりそろって反対してくるとばかり思っていたから、意外すぎる展開だ。

――ナツさんに会えるんだ。

そう思うとハンバーグがさらに美味しく感じる。

残る問題は、誰と一緒に行くかについて。ナツさんのことを知っているのは紗耶香くらいだけれど、彼女は父親の転勤で遠くに引っ越してしまった。それに、紗耶香だってナツさんとは、一瞬顔を合わせたくらいのレベルだし。

正彦と旅行に行けるならうれしいけれど、さすがにそれはムリだろう。せっかく抑えている想いが再燃しそうだし、彼には部活もあるわけで……。

ナツさんには申し訳ないけれど、チケットを一枚キャンセルしてひとりで行くしかない。

「なによニコニコして」

「別に。なんだか楽しい夏になりそうだな、って」

ニッと笑う私に母はうなずいたあと、箸を手元にそろえて置いた。

「夏といえば、あんたいつまで髪を伸ばすつもりなの？」

今度は私が肩をすぼめる番だ。

二階にある部屋のドアを開けると、むわっとした暑さが肌に絡みついた。

クーラーの電源を入れ、ベッドに腰をおろす。と、同時にスマホが二回震えた。

メールを開くと、久しぶりに猿沢先生からメッセージが届いていた。中学を卒業してからも猿沢先生とはたまにメールのやり取りをしている。

『山本さんこんばんは。そろそろ期末テストですね。高校に入って初めてのテスト、がんばってね』

返事を打ちこもうとする指を止め、そのまま通話ボタンを押した。コールが鳴ってすぐに『もしもし?』と、猿沢先生の声が聞こえた。

『なにかあったの? え……ひょっとしてまた保健室の生徒になっちゃったとか?』

「え、いきなり?」

苦笑する私に気づかず、

『大丈夫よ。ムリだと思ったらムリなんだから。ダメだと思ったらダメなんだから』

あいかわらずよくわからないことを言っている。卒業して以来、久しぶりに聞く声がくすぐったい。

「そういうんじゃなくて、ただ電話したかっただけだし」

『なあんだ。びっくりしちゃった。でもうれしい。ひとりだと夜が寂しくってねえ』

猿沢先生の旦那さんは先週、交通事故に遭い入院している。大きな事故だったそうだけれど、足の骨折だけで済んだそうだ。

ケンカばかりだったのがウソみたいに、毎日のように病院に行って世話をしていることを、猿沢先生は照れながら教えてくれた。

夫婦という存在は、雨降って地固まる。トラブルを乗り越えることで、より強いきずなに変わるものなのかも。私にはピンとこないけれど。

近況報告をする中で、ナツさんから手紙が届いたことを伝えると、意外にも猿沢先生は肯定的だった。

『あー、私も旦那が入院してなければ行ったのになあ』

「猿沢センセも、旅行に行くことに賛成なんだ？」

『だって、友だちに会いに行くのは普通のことでしょう？　きっとステキな人なんだろうなあ』

ふいに、あの夏のにおいがした気がした。海のにおい、ハーブの香り、温泉宿の畳のにおい。記憶はいつだって、嗅覚から呼び起こされる。

『犬塚《いぬづか》くんを誘って行くの？』

「それはないです」

猿沢先生の問いに速攻で答えた。

『どうして？　親友なんでしょ？』

恋をしてからの私はふたつの人格を持つようになった。ひとりは恋をしている本当の自分。もうひとりは、平気な顔で友だちを演じる自分。表に立つのはいつだって、友だち顔の私のほうだ。

「男同士でそれはないですよ。そもそもまさくん、ナツさんに会ったこともないし」

『そういうのがいいんじゃない。旅先で出会いがあるかもしれないでしょう？　すごく青春のにおいがするわ』

青春のにおいってどんなにおいなの？　でも、好きな人と旅行に行けるチャンスはこれきりかもしれない。

いや……それはムリだ。あの告白でちゃんと区切りをつけたはず。

旅行になんて行ってしまったら、きっとまた好きになる。

不思議だ。これ以上好きになれないほど好きなのに、会うたびに、話をするたびに、さらに深い気持ちに気づいてしまう。底の見えない海に、ゆっくりと落ちていくような気分。

彼を思えばうれしくて楽しくて、同じくらいせつなくて寂しくて。

『そうそう』と私の思考を打ち切るように猿沢先生は言った。

『山本さんの高校って制服がたくさんあるんでしょう？　好きな制服を組み合わせられるってステキよね～』

「ウチはジャージしか着てないですけどね」

『あら、もったいない。いろんな制服にチャレンジすればいいのに』

「一応ブレザータイプのやつは買ってもらったけど、入学式で着ただけです」

そっけなく答えながら、クローゼットを開く。

ブレザーの制服が寂しそうにハンガーにかけられている。

制服がいくつもあることが珍しいため、うちの高校はたまにニュースやSNSに取りあげられる。最初に見たとき、男子生徒でも上はセーラー服、下はグレーのパンツという人が映っていた。その人があまりにも似合っていたので、私も同じ格好をしてみたいと思った。

けれど、母に言う勇気がなく、結局はブレザータイプの制服を選んだ。

実際に入学してみてわかったのは、セーラー服を着た男子生徒はすでに卒業してしまったこと。ほかに同じスタイルを選んでいる生徒はいなかったこと。

ホッとしたことを覚えている。

目立つことはしたくない。やっと教室に行くことができている今を崩したくない。

気持ちと一緒に、クローゼットの扉を閉めた。

猿沢先生と再会の約束をして、電話を切った。今度、山梨旅行のお土産を持って会いに行くつもり。

第二章

天の川は見えない

山梨県にある酒折《さかおり》駅に到着したのは昼前だった。

新幹線で新横浜《しんよこはま》駅まで行き、JR横浜線と中央《ちゅうおう》線、さらには中央本線を乗り継いで約三時間の旅。乗り換えは難しかったけれど、スマホがあればなんでもできる。それより朝が早かったせいで、すでに眠い……。

小さなトランクを引き、改札口を探す。山梨県には生まれて初めて来たことになる。

「改札はあっちじゃね？」

ふり向くと、大きなリュックを背負った正彦がうしろを指さしている。

「あ、うん」

「思ったよりこぢんまりした駅だな」

「うん」

ヤバい。やっぱり緊張してしまう。

そもそもこんなことになったのは、母のせいだ。日曜日に夏休みの課題を手にやってきた正彦に『今度この子、ナツさんに会いに行くのよ。まさくんもついていってあげてくれる？』と勝手に打診したのだ。

あわてて止めたけれど正彦は『いいっすよ』と即答し、同行することが決定した。

「ほら、荷物持つよ」

私のトランクを持ち、歩きだしてしまう。

「いいよ。自分で持てるから」

「久しぶりに会うから緊張してんだろ？　少し肩の力を抜いたほうがいい」

こういうやさしさは正直、ずるいと思う。私の気持ちがもうなくなったと思っているなら、いくらなんでも安易すぎる。こう見えて、私はかなりしつこいタイプなのだから。

改札を出ると、青い空にソフトクリームのような形の入道雲が浮かんでいた。先端がくるんとカーブしているところなんてそっくり。

「ソフトクリームみたいだな」

私より先に正彦が言ったので思わず口をつぐんだ。

「そう？」なんてごまかしていると、送迎レーンのほうで短い悲鳴が聞こえた。軽トラックの横に立つ髪の短い女性が両手を口に当てて私を見ている。

誰だろう？　ナツさんの髪はロングだし、あんなに肌だって焼けてはいない。白い作業着を着ているので農家の人かなにか――。

「え……ナツさん？」

「光さん！」

駆け寄ってきたナツさんが、私の両手をガシッとつかみ上下に激しくふった。

「光さんすごくきれいになって！　わああ、うれしい！」

涙をボロボロ流すその顔をじっと見つめる。肩の上でそろえた髪、真っ黒な肌、薄いメークだけれど、やっぱりナツさんだ。

「正彦さんもわざわざありがとう。鈴木夏美です」

「あ、どうも。犬塚正彦です。このたびはお世話になります」

律儀《りちぎ》に頭を下げる正彦の頬が赤くなっている。

「どうしよう、すごくうれしい！　光さんほんとステキよ。私はおばあちゃんみたいな恰好だけれど。ほら、行こう行こう」

荷物を荷台に乗せ、三人で前列シートに座った。私が真ん中の位置だ。

「ああ、私は今、光さんと会ってるのね」

目じりに涙の粒が光っている。改めてそばで見ると、ナツさんはやっぱりきれいだ。作業着と日焼けのせいで別人に見えたのだろう。

「私、変わったでしょう？」

涙を拭ったナツさんが車を発進させた。ガクンガクンとおもしろいくらいに揺れながら、なんとか駅の敷地から抜け出す。

「肌が焼けたね」

「そうなのよ。日焼け止め塗ってもこれよ。メークもすぐにとれちゃうし、ほんと参っちゃう」

言葉とは裏腹に、生命力にあふれる笑顔に思えた。

「梨を作るときの作業着なの？」

「最初はそれなりに見える服を選んでたんだけど、先人たちの教えは間違ってなかったわ。これでなくちゃダメなのよね」

なつかしいな。ナツさんの持つ独特の雰囲気がくすぐったくて、それ以上にうれしい。

車は幅の広い道路を進んでいく。見渡す限りの平地が続いていて、山は遠くに見えるだけ。もっと坂道が多いと思っていたから意外だ。

「意外に平地だな」

正彦がボソリとつぶやいた。……また同じことを考えていた。

ナツさんがハンドルを両手で握りしめたまま、

「梨って山で作ってるイメージがあるわよね」

と、正彦に笑いかけた。

「ですね」

緊張しているときの声で正彦はうなずいた。

「山のほうにも農園はあるんだけど、私の家があるあたりの農園は昔からやってきたからね。家の前に大きな農園が広がってるのよ」

密着するほどぎゅうぎゅうの車内。ナツさんの香水の香りはしていない。

それでも久しぶりにナツさんに会えたことがうれしくてたまらない。

「あ、あれ見ろよ」

正彦が私の肩に肘をのせて言った。

住宅地に急に現れた広大な敷地。木でできた看板に『鈴木・杉浦《すぎうら》農園』と書かれてあった。

背の低い木が等間隔に並び、緑色の梨の実には白い袋が被せてある。

肘から伝わる温度を感じながら、私の夏がはじまったような気がした。

ナツさんの家は昔ながらの日本家屋。二階はないから、いわゆる平屋建てと呼ばれる家だった。

とはいえ、家の敷地だけでかなり広い。玄関だけで私の部屋と同じくらいあるし、廊下だって五十メートル走ができそうなほど長い。

リビングというより居間と呼んだほうがふさわしい部屋は、広い庭に面していた。

テレビの前にあるソファに座ると、ナツさんがグラスを私たちの前に置いてくれた。

「疲れたでしょう？　これでも飲んでゆっくりしてね」

グラスの中には黄金色の液体と氷が入っていた。

正彦がひと口飲んで、すぐに見開いた目を私に向けた。

「これ、うまい」

「でしょう。自家製の梅ジュースなの」

ナツさんがうれしそうに言った。私も飲んでみると、甘酸っぱい味が口の中に広がり、爽やかに喉を通り抜けていく。

「美味しい。ナツさんち、梅の木もあるの？」

「ううん。うちじゃなくて、としくん——杉浦さんの家に生えてるのよ」

ふと思い出したように正彦が「あ」と短く言った。

「そういえば、鈴木・杉浦農園って看板出てましたよね。あれって、共同経営してるってことですか？」

ナツさんはうなずきながら、ひさしのついた帽子を被った。日よけ用の長い布がついていて、首の下まで覆われる。

「杉浦さんは農園を挟んだ向かいにある家なの。もともとは別々の農園だったんだけど、お互いに人手が足りないこともあって、去年から共同経営をしてるのよ」

ナツさんはお母さんの介護が必要になってこっちに戻ったと言っていた。そういえば、お母さんはどこにいるのだろう……。

視線を巡らす私に気づいたのだろう、

「母はね、老人ホームに入ったの」

ナツさんはそう言った。

「……ごめんなさい」

「なんで光さんが謝るのよ。あの人、私が戻るのを待ち構えていたのよ。『梨園は任せるから』って言って、自分で有料老人ホームに申し込んで、さっさと入所しちゃったの。今でも元気すぎるくらい元気だから安心してね」

なるほど、体よく農園を任されたってことか……。

ホッとしていると、ナツさんは居間から続く襖を指さした。

「隣が光さんの部屋だから、少し休んでてね。到着してすぐで申し訳ないんだけど、午後の作業だけさっと終わらせてくるから。冷蔵庫の中のものは好きに食べてくれていいわよ」

「うん」

「早めに終わらせて帰ってくるから。じゃあ行ってきます」

あわただしく出ていくナツさんを見送った。お母さんの代わりに農園を切り盛りしているなんて大変だ。

「いい人だな、ナツさんて」

正彦がジュースを飲み干した。

「見た目もそうだけど、心が美しい人なの」

「なるほど」

ふらりと立ちあがった正彦が襖を開けて、隣の部屋に入っていく。広い部屋に布団が二組敷かれていて、そのうちのひとつに倒れこんだ。

「少し寝るわ」

「あ、うん……」

「クーラーが最高に気持ちいい」

もう半分寝ているのか、甘い声でつぶやく正彦。

その向こうにある布団を見て、私はごくりと唾を呑んだ。

――正彦と同じ部屋？

いや、普通なら男性ふたりが同室なのはおかしくない。でも、ナツさんだけは私の気持ちを知っているはずなのに。

ひょっとしてもう私の片想いが終わったと思っているのだろうか。たしかに、たまにやり取りしてきたメールでは、恋の話はしておらず、学校や家での話ばかりしてきた。

ああ、今夜は眠れそうにないな……。

宣言どおり正彦が熟睡してしまったので、庭に出てみることにした。

庭といっても芝があるだけで、ほかにはなにもない。隣は工場になっているらしく、機械の音がリズムを取っているみたい。セミの騒ぐ声さえ音楽のように耳に届く。

道路を挟んだ向かい側に広がる梨園は、杉浦さんの家が見えないほど広大だ。

梨の木は想像よりも低く、足台を使えば上までギリギリ届く高さ。いたるところに置いてあるビールケースを足台代わりにして作業をしているのだろう。

「おじゃまします」

ナツさんを探しに、梨の迷路に入ってみることにした。

太陽の光が差しこむ園内を歩くけれどナツさんの姿は見えない。やわらかい地面に何度も足を取られそうになりながら歩いていると、ふわりと甘い香りが鼻腔《びくう》をくすぐった。

梨の実に鼻を近づけても、薄い香りしかしない。袋に包まれた梨はぷっくりと丸く、もうすぐにでも食べられそうなほど大きい。

袋をかけているのは虫対策なのかも。

そんなことを考えていると、

「おい」

突然声をかけられた。正彦かと思ってふり向くと、そこには色の黒い屈強な男性がいた。私を見て——いや、にらんでいる？

「お前、なにしてんだ」

野球帽をうしろ向きにかぶり、黒いTシャツとジーンズ姿の男性は三十代くらいだろうか。軍手と腰に巻いた道具入れを見て、彼がここの作業員であることがわかった。

「あ、すみません。ウチ……」

「盗人《ぬすっと》か？」

「え？」

ずいと近づいてきた男性の背はかなり高かった。鋭角の眉は太く、目つきも鋭い。町で声をかけられたら刑事かと思ってしまいそうなタイプだ。

「盗んでもムダだ。〝玉決め〟を終えたばかりで、出荷できる大きさまで育ってない」

「あの、違うんです」

「防犯カメラだってあるんだぞ。不法侵入に窃盗で突き出してやることもできる」

「違います。ウチは——」

「お前、高校生か？」

ダメだ。全然話を聞いてくれない。

ちゃんと言い訳をしたいのに、話すたびに間合いを詰めてくる男性に、あとずさりしかできない。

そうだ。さっきナツさんが言っていた名前を言えばいいんだ。たしか……。

「……杉浦さん。杉浦としさんですか？」

「なっ⁉」

ギョッとした男性が、私を頭のてっぺんから足の先までジロジロと見てきた。

「ひょっとして……ナツの知り合い？　たしか友だちの……」

「そうです。山本光といいます。さっきナツさんに駅まで迎えに来てもらって、着いたところなんです。今日からお世話になる予定です」

口を挟まれないように早口で説明した。これで安心してもらえるだろう。

が、どうも男性――杉浦さんの様子がおかしい。

「君の声、男性に聞こえるけど……」

「はい。こんな髪型していますけど、男です」

その刹那、杉浦さんの顔はリンゴみたいに真っ赤になった。

「男が来るなんて聞いていない。あいつ、まるで女性の客が来るみたいに言ってたぞ！」

「え……」

「もしかしてもうひとりの客が女性なのか。君はそいつの彼氏ってやつか？」

どんどん怒りが濃くなっていく。

「いえ。もうひとりも男性です」

「なんだと！」

近隣に響き渡るほどの大声に思わず目をつむった。

「ちょっと、としくん！」

結局、騒ぎに気づいたナツさんが助けに来るまで、私は杉浦さんの怒号に耐えるしかなかった。


夕食は豪華だった。ナツさんの手作りの料理が、台所の横にあるテーブルに並んでいる。

「これは〝おつけだんご〟という郷土料理なの。小麦粉で作ったお団子と、このあたりで採れた野菜を味噌《みそ》で煮こんだものよ。〝馬刺し〟と〝ゆば〟も有名なの。梨はまだ時期が早いからキムチとサラダにしたの」

ほかにも、唐揚げや卵焼きまである。

「うまいです。馬刺しも最高です！」

ひとりではしゃいでいるのは、長い昼寝から目覚めて絶好調の正彦だけ。向き合って座る私と杉浦さんは、お互いの様子をチラチラうかがいながら食べている。

「ほら、光さんも遠慮しないでどんどん食べて。としくんは遠慮しなさいよね」

澄ました顔のナツさんに、杉浦さんは「ぐ」と喉の奥でヘンな声を出した。

サラダを食べたあと、ナツさんは小さくため息をついた。

「前から言ってるでしょ。光さんは親戚みたいなものだって。大事なお客さんを泥棒扱いするなんて信じられない」

「だってよぉ……。男だなんて言ってなかったし」

「梨園に対するイメージだって悪くなるでしょ。農業組合の会長が知ったら怒るわよ」

ぶう、と頬を膨らませた杉浦さんが、帽子を乱暴に取った。短い髪が彼の気持ちと同じくへたっている。

「ウチが悪いんです。勝手に梨園に入ったから」

「だろ。こいつが悪いんだ」

胸を反らした杉浦さんだったけれど、ナツさんににらまれ、花がしおれるように背中を丸くした。

「だとしても、泥棒じゃなかったでしょ。謝ったの？」

「なんで俺が――」

「だいたいとしくんは顔が怖いの」

はっきりと言ったナツさんに、杉浦さんは「う」と短くうめいた。

それでもナツさんの攻撃はやまない。

『なにかご用ですか？』って尋ねるべきでしょうに」

「うう……」

「愛想もなさすぎ。収穫時期の販売のときだって、お客さんに対してニコリともしないんだから」

ぐうの音《ね》も出ない杉浦さんがかわいそうになり、「あの」とふたりの顔を交互に見る。

「ふたりは昔からの知り合いなのですか？」

「幼稚園から高校まで、ずっと一緒の幼なじみ。ちょうど光さんと正彦くんみたいな関係ね」

ナツさんが『幼なじみ』と口にしたとき、杉浦さんが一瞬だけせつない表情をしたのを私は見逃さなかった。

ひょっとしたら杉浦さんは、ナツさんのことが好きなのかもしれない。だから、ここに男性ふたりが泊まりに来たことにこんなに動揺している。

同じ状況の私だからわかること。

いちばん好きになってはいけない、いちばん近い距離の人を好きになってしまった。こんな感情を持つから毎日が曇って見えてしまう。彼も同じように苦しんでいるのかもしれない。

だけど、初対面でそんなこと言えるはずがない。そもそも確実に好意を持たれていないことはわかるし。

「杉浦さん」

無言で食べ続けていた正彦が急に声をかけた。

「早く食べないと、俺、ぜんぶ食べちゃいますよ」

「わかってるよ」

ぶすっとしたまま杉浦さんが本格的に食べはじめた。

ナツさんは小さく笑いながら、杉浦さんの前に大皿を移動させてあげている。なんだかんだ言っても、ふたりは仲良しらしい。

「そういえば、さっき杉浦さん、『玉決めを終えたばかり』って言ってましたよね」

さっきのことを思い出して尋ねると、「ああ」と代わりにナツさんがうなずいた。

「〝摘果《てきか》〟とも呼ばれる作業なんだけどね、うちでは葉っぱ三十枚に対して梨がひとつ実るように余計な実は取ってしまうの。五月に一度やって、今月は最後の摘果をするのよ。あとは育つのを待つだけ」

「これだけ広い土地だと大変だね」

「そうでもないわよ。ほかにも桃とかブドウの農園もあるから」

「え、ほかにもあるの？」

それではナツさんの肌だって焼けるはずだ。驚く私にナツさんは昔と変わらぬやさしい笑みをくれた。

「もともと、うちは梨と桃だけだったんだけど、杉浦家と農園を一緒にしてからは土地が増えたのよね。おかげでスナックも閉めることになっちゃったのよ」

「ああ、もうやってないって言ったもんね」

オープンして一年ほどで、スナックを休業したことは教えてもらっていた。

「一時休業って感じ。落ち着いたら再開しようかな、って」

大口でご飯をほおばっていた杉浦さんが、

「いいんだよ。スナックなんてやらなくてもじゅうぶん稼げる」

と、そっけなく言った。

「前から言ってるけどお金の問題じゃないの。いろんな人とお話するのが楽しいんだから」

「俺としゃべってればいい」

「としくんの話、つまんないのよ」

「な……！」

心外そうに口を大きく開ける杉浦さんを見て、ナツさんはおかしそうに笑った。

なんだかふたりはいいコンビだ。

縁側に座ると、夜のぬるい風が髪を揺らした。

あたりに街灯は少なく、空の星が家で見るそれよりも主張している。東の空に連なって光っているのは天の川だろうか。

果てしない空に手を伸ばすことはやめたんだ。そうやってひとつずつあきらめるクセをつけていかなくちゃ……。

「天の川が見えるな」

隣でまた正彦がシンクロした。旅行に来てから、同じことばかり考えている気がする。

騒がしくなりそうな胸に『偶然だよ』と、言い聞かせた。

「天の川って意外に明るくないんだね」

「冬場なんてもっと見えにくい、ていうかほぼ見られない」

冬に天の川が見られることは初めて知った。

「そうなんだ」

「オリオン座の東側にうっすら見えるんだよ。よほど暗い場所からじゃないと見えないけどなあ」

正彦が星にも詳しいことも初耳だった。

何年経っても新しい正彦を知ることができるのは、幼なじみの特権だ。

「山梨県に来たなんて不思議だね」

「それな」

と、正彦が笑った。

「誘われたときは驚いたけど、来てよかった」

「うん」

「ちょっと電話してくる」

「うん」

正彦がいなくなるのを確認して、そっと胸を押さえた。

告白をしたあの日、正彦のことをあきらめられると思っていた。ううん、そう信じていた。

だけど、私たちの距離はあまりにも近い。何度あきらめようとしても、恋のすごろくは毎回ふりだしに戻ってばかり。

足音にふり向くと、杉浦さんが私の横にドカッと座った。

「ほら」

手渡されたのは小皿にのった桃。四等分された桃は、ひとつでもかなりの大きさだ。

「ありがとうございます」

つまようじを刺すと、桃からじゅわっと汁があふれた。食べるとびっくりするくらい甘い。まるで濃いジュースを飲んでいるみたい。

「うまいだろ。ナツんとこの桃のうまさには、ほかの農家のヤツらも嫉妬してるんだぜ」

「本当に美味しいです」

素直にそう言うと、まるで自分が褒められたかのように杉浦さんは照れた顔になった。その気持ちわかるよ、と思わず言いたくなった。私も正彦が褒められるのを聞くのが好きだから。

「梨もまた送ってもらえばいい。来月には収穫だ」

「はい」

「……あいつ、お前んとこの親父とできてたんだってな」

声のトーンが急に重くなった。見ると、横顔の杉浦さんの口元にはまだ笑みが浮かんでいた。

「戻ってきたときにぜんぶ話してくれた。結婚してることを知らなかったんだろ？」

「はい。なんかご迷惑をかけてしまって……」

「別に子どもが謝ることじゃない」

「はい」

父のついたウソは、二年経ってもまだ余波を広げている。

「さっき、山本光って名前を聞いたときにピンときた。お前のせいじゃないのに、イヤな態度を取って悪かった」

「……いえ」

ずっと謝ろうと思っていたのだろう。気が抜けたように杉浦さんは大きく伸びをした。

「俺は、杉浦利光《としみつ》って名前。〝としくん〟でいいから」

そう言われても、怖くてとても呼べない。あいまいにうなずく私に、杉浦さんは「ふ」と表情を緩めた。

「ナツは昔から人と話すのが好きでさ。そのぶん惚れっぽくて、そばで見ててハラハラすることばっかり。猪突猛進っていうんだろうな」

「それわかります」

二年前の夏、ふたりで行った熱海旅行を思い出す。父の愛人とふたりで旅行に行くなんて、今思えばありえない話だ。

人が好きなナツさんに、誰もが魅了される。

「まあ、それがナツのいいところなんだろうな」

寂しげに杉浦さんはつぶやき、温度のあるため息を落とした。

——ナツさんのことを好きなのですか?

尋ねたい気持ちをグッとこらえる。

恋は自分の中だけに秘めておくもの。誰かに指摘されると、現実のものとなり、勝手に走りだしてしまうものだから。

私の恋はいつになったら終わるのだろう。

前ほどの苦しさがないのは一度フラれているから。だけど、くすぶっている火は消えないまま静かに燃え続けている。

冬の天の川が見えないように、私の恋も見えなくなればいいのに。誰にも、自分にさえも。


ふたつ並んだ布団は、私とナツさんが一緒に寝るためのものだった。

『積もる話があるから、正彦くんは遠慮してね』

ナツさんは正彦を、いちばん奥の部屋に案内した。半分眠りかけていた正彦は、布団に横になったとたん寝てしまったらしい。

ふたりで横になり、薄暗い部屋で近況報告をし合った。会えない時間を埋めるように、いろんな話を語り合った。

「それにしても、光さんももう高校生なんだね」

「まだ入ったばかりだけどね。ナツさんこそ、スナックを閉めたり、お母さんのこととか農園のこととかいろいろあったんだね」

隣に顔を向けると、ナツさんは天井を見ながら薄く笑った。

「人生なんてなにが起きるかわからないよね。光さんにもたくさんのわかれ道が待っているんだよ」

「ウチは平々凡々と生きていくつもり。夢も希望もないもん」

将来の夢なんて、みんなどこで見つけてくるのだろう。なりたい職業だけじゃなく、将来の予想図さえ浮かばない。神様が現れて、私がいちばん幸せになれる未来を教えてくれたらいいのに。

「まずは高校生活をがんばることじゃない？　毎日やっている勉強やスポーツが、将来の光さんを作るんだと思う。いざ行きたい大学とか、なりたい職業が見つかったときに、知識不足じゃどうしようもないし」

「ナツさんて、そんな現実的なことを言う人だっけ？」

茶化す私に「ひどい」とナツさんはケラケラ笑った。

「私は昔から真面目なんですぅ。それに人は、大人になっても成長できるんだからね」

布団のこすれる音に顔を向けると、ナツさんが体ごと私に向けた。月明かりに照らされたナツさんが、またいなくなりそうで不安になる。

「そういえば、光さんの高校って制服がたくさんあるんでしょう？　どれを選んだの？」

「え、なんで知ってるの？」

まさか父と連絡を――？　その疑問は一秒で消えた。ふたりが連絡をとり合っていないことは、先日の父の態度だけでわかるから。

「高校の名前を教えてくれたでしょ？　インターネットで調べたらそう書いてあったから。私の時代じゃありえない話だったからすごくうらやましい」

「みんな好きに着てるよ。ウチはジャージだけど」

「ジャージ？」

本気で驚いたように目を丸くしたあと、「ああ、そっか」とナツさんは納得したようにうなずいた。

「いっそのことセーラー服を選んでみたら？　画像で見たらかわいかったし」

「そんなことしたら浮いちゃうでしょ。ただでさえ、髪型のせいでいろいろ言われてるし、友だちも少ないんだから」

仲良くなれば、いつか自分の気持ちがバレてしまう。正彦を好きなことだけは誰にも言いたくない。莉緒とも仲良くなれたけれど、一定の距離は保たなければならない。

「友だちなんて必要ないんじゃないかな」

ナツさんがそう言ったので驚く。

「え、必要でしょ？」

「だってたまたま同じクラスになった同い年ってだけでしょう？　自分で望んで作った縁じゃないんだし、ムリして作る必要ないと思う。実際、私も友だちいなかったし」

あっけらかんと言ったナツさんが体を起こし、部屋の電気をつけた。まぶしさに目がチカチカする。

「まあ、そういう考え方もあるけど……」

つられて上半身を起こすと、ナツさんは洗面台からブラシを持ってきた。

「前みたいに髪をとかしてあげる」

「あ、うん」

うしろに回るとナツさんはブラシを私の頭に当てた。

「誰かの目を気にするより、私は光さんが光さんらしく過ごしてほしいな」

「ウチらしく、ってどんなふうに？　自分のことがいちばんわからないんだよね」

幼いころから、好きになる対象が周りの人とは違うと思っていた。本気で誰かを好きになれば、みんなの言う〝普通〟になれると思っていたのに、気がついたら正彦しか見えなくなっていた。そして、好きになるほどに、それは大きな秘密へと成長していった。

「だんだんとわかってきてるんだと思うよ。だってもう、保健室の生徒じゃないんでしょう？」

やさしい声が耳もとで聞こえる。

「でも目立ったことをしたら、保健室に逆戻りしちゃうかも」

セーラー服を着てみたい気持ちはあるけれど、そんなことは絶対にしない。目立つことはたいてい〝悪いこと〟にふりわけられてしまうから。

「いつかちゃんと謝りたかったの。保健室の生徒になった原因のひとつは、お父さんと私のことだったと思うし」

「それは違うよ」

「違わない」

「違うって」

ふり向こうとする頭をムリやり前に戻されてしまった。

「ずっと申し訳ないな、って思ってたのよ」

「……うん」

ブラシが髪を通るたびに、こんがらがっていた気持ちもほどけていくようだ。

「制服から変えてみたら？　光さんならセーラー服を着てもおかしくないし」

「それはどうだろう」

「下をブレザーのパンツにしてみたら？　きっと似合うと思う」

「そんな勇気があればいいけどね。それに制服って高いし、あの母親が許すわけないし」

別に女性になりたいわけじゃない。ただ、セーラー服を着てみたい気持ちは密かにあった。

……そんなこと話せるわけない。

このままいくと、正彦への気持ちが継続していることがバレてしまう。

「そろそろ寝ようかな」

そう言って逃げるクセは、変わらない。今も、昔も。

第三章

海が呼んでいる

翌日も快晴だった。

起きるとすでにナツさんはおらず、台所に行くと忙しそうに朝ご飯を作ってくれていた。

「おそようさん」

たくさん寝たのだろう、正彦が配膳を手伝っていた。

杉浦さんはさすがに朝からは来ないらしく、三人でご飯と納豆、味噌汁というよくある朝食をとった。

「今日は二時ごろに出かけるから、荷物をまとめておいてね」

そう言い残し、梨園に出かけてしまったナツさん。私も手伝いたかったけれど、正彦が夏休みの課題をそっと差し出してきたので手伝うことに。

しょうがないな、と思いながらも頼りにされることがうれしい。

ペンが紙の上を走る音が心地いい。まるで昔から知っている家に遊びに来た気分だ。

「知ってる？　山梨県の梨園って年々減ってるんだってさ」

正彦が問題を解く合い間にそう言った。

「え、そうなの？」

「収穫量も減っていて、全国十位以内にも入ってない。その代わり、桃の収穫量は全国一位を継続中。ネット情報だけど」

スマホをペン先で指す正彦に、「へえ」と驚く。

たしかに山梨県のイメージはフルーツだ。梨も一位だと思っていたけれど違ったんだ。

「それだけ調べられるなら、課題だってひとりでやればいいのに」

「うるせー」

「うるさくない。まさくんはウチに頼りすぎなんだよ」

「それはもっとうるせー」

クスクス笑い合いながら課題を解いていく。

お昼は、ナツさんが用意してくれたおにぎりと、鳥の煮こみを食べた。食べるとすぐに正彦はうとうとしている。

寝顔を見ながら、自分の課題を解く時間は幸せだった。

エンジン音に目をやると、庭の向こうに白いボックスカーが停車した。助手席でナツさんが手をふっている。

まだ一時にもなっていないけど……。

あわてて荷物をまとめている間に、ナツさんが庭を突っ切って居間に入ってきた。

「せっかく来てもらってるのにごめんなさいね。もう作業を切りあげてきちゃった」

「あ、そうなんだ」

「すぐに出発するわよ。ほら、急いで急いで」

せかしながらナツさんは着替えに行ってしまった。正彦もあわてて準備をしている。

ボックスカーの運転席にはサングラスをかけた杉浦さんがいた。後部座席に座ると、農作業に使う機械や道具が荷台からはみ出ている。

着替えを済ませたナツさんが助手席に乗りこむと、うしろを向いた。

「じゃあ出発しましょう。荷物はぜんぶ持った？　ここにはもう戻らないから忘れ物がないかチェックしてね」

「待って。これからどこに行くの？」

尋ねる私に、ナツさんは杉浦さんのサングラスを奪うと装着した。

「それは着いてからのお楽しみ。ミステリーツアーなのです」

赤い口紅をつけたナツさんは、前に会ったときと同じように美しく見えた。

照りつける太陽から逃れるように、車は走る。

高速道路は空いているのに、杉浦さんは安全運転を崩さない。どんどん追い越されていくけれど気にもせず、ナツさんと楽しそうに話をしている。

かれこれ二時間は車に乗っているだろう。しばらくの間起きていた正彦は、いつの間にか寝てしまった。

昔からそうだ。正彦はよく眠る。そんなとき、私は絶対に起こさない。眠ったときだけはじっとその顔が見られるから。あとは学校からの帰り道、私の家の前でわかれたあと。うしろ姿なら見つめていてもヘンに思われることはない。

告白をしたあとから、私の想いは封印されたことになっている。

気づかれてはいけない。キヅカレテハイケナイ。

トンネルに入ると、正彦の顔がセピア色になった。あどけない寝顔を眺めながら、このまま時間が止まればいいのにと願う。

私の恋は絶対に叶わない。この恋に気づいた日からわかっていたこと。

こんな気持ちがなくなれば、正彦と本当の友だちになれるのに。そのために告白までしたのに成長していない自分がイヤになる。

「そろそろ高速を降りるよ」

ナツさんが顔をうしろに向けた。その向こうに見える緑色の案内表示に『長泉沼津《ながいずみぬまづ》』の文字が読めた。静岡《しずおか》県東部にあるその地名に見覚えがあった。

「沼津……。あ、ひょっとして熱海に向かってるの？」

「正解。私たちといえば、やっぱり熱海でしょ。帰りは熱海駅から新幹線に乗ればいいから、夜まで熱海で遊びましょう」

ニッコリほほ笑んだあと、ナツさんは杉浦さんとの会話に戻ってしまった。

熱海に行くんだ……。想像もしていなかったから驚きながらも、少しワクワクもしている。

「熱海……」

急に声がして驚いた。見ると、正彦がとろんとした目で宙を見ている。

「悔しい。俺、水着を持ってきてない」

「あ、ウチもだ」

熱海の海で見た空を私はずっと忘れない。あまりにも大きくて青いあの空を。

ナツさんにあこがれ、自分の恋に悩んだ夏にまた会えるんだ……。

「水着、買う?」

尋ねても返事がない。見ると、彼は再び眠りに落ちていた。

そういうところが正彦らしくて、思わずほほ笑んでしまう。愛しさとあきらめが混在していることは、私がいちばんわかっている。

熱海駅前にある商店街は、たくさんの人でにぎわっていた。外国からの観光客もいて、すれ違うときに聞きなれない言語が耳をかすめた。

特に人気があるのは『熱海第二製菓《あたみだいにせいか》』と書かれた温泉饅頭《まんじゅう》のお店。長い行列ができている。

「この温泉饅頭、食べたかったのよ」

ナツさんの言葉に、杉浦さんは忠実な部下のように列に並びに行った。

「俺も」と正彦も追いかけていく。

入れ替わりに、大学生らしきカップルが店から出てきた。男性のほうがたくさんの紙袋を下げていて、彼女があきれたように笑っている。

「なつかしいわね。光さんとここを歩いたのよね」

感動屋のナツさんはすでに目を潤ませている。

「あのときは素通りに近かったけど、こんなに混んではなかったよね」

「またここに来られるなんてうれしい。今回は、正彦くんも一緒だし」

「それを言うなら杉浦さんもでしょ」

「あれは運転手だから」なんて、さらりとひどいことを言っている。

大学生のカップルが饅頭のひとつを取り出し、「カンパイ」と言って美味しそうに食べはじめた。いいな、と素直に思った。私と正彦が同じことをしても、ただの友だちにしか見えない。

「これからどうするの？」

もう夕方近くになっている。

「としくんは日帰り温泉に行きたいんだって。正彦くんも行くって言ってたけど、光さんはイヤでしょう?」

「だね。特に正彦とは入りたくない」

「そう言うと思った。だから、ここでふたりとはいったんお別れ。親友同士でまったりしましょう」

ようやく買い終えた杉浦さんから饅頭の入った箱をもらうと、ナツさんは「行こうか」と声をかけてきた。

正彦は熱々の温泉饅頭と格闘していて、私のほうを見ようともしない。

「うん」

うなずくと、杉浦さんと正彦はさっさと歩いていってしまった。

こういうひとつひとつの行動に、小さく傷ついてしまう。くすぶる想いを鎮火させることができたならどんなにいいか。

商店街を抜けて坂をおりていくと、遠くに海が見えた。もうすぐ五時になるというのに、空は真っ青に澄んでいる。

自動販売機でペットボトルのお茶を買ってから砂浜へ降り立った。

「え、すごい人……」

思わずつぶやいてしまうほど、砂浜にはたくさんの人がいる。水際でナツさんが、水色のシートをバッグから取り出した。

「ここを本拠地にしましょう」

「本拠地？」

「ここが私と光さんの秘密の場所なの。お饅頭を食べながら、内緒話をしましょう」

さっさと腰をおろすので、私も同じように座った。

改めて見ると、白いワンピース姿のナツさんは美しかった。メークもしっかりしているし、髪も短いながらもサラサラと風に泳いでいる。

波の音がざぶんざぶん。遠くから近くから聞こえている。

私は自分が海だと思っていた。ナツさんは大きすぎる空。海は空にあこがれたけれど、結局は海のまま。それでいいと思って生きてきた。

ナツさんは梨園を継ぎ、母親を施設に入所させ、スナックを休業した。目まぐるしく変わる空のように変わっていくナツさんと違い、私は青い海のままだ。

むしろ前よりも濁っているような気もする。

「それにしてもすごい人数だね」

気持ちをふり切るように言ってみた。

「これから夜にかけてどんどん増えてくるの。今日は花火大会だからね」

「え、花火？　ここで見られるの？」

思ってもいなかったから驚いてしまう。

「熱海では、年に何回も花火大会があるの。といっても何万発もあがるわけじゃないし、時間も三十分くらい。それでも、すごくきれいなのよ」

指さす先に、徐々に朱色に変わりゆく空がある。

「花火がはじまるまで思い出話をしましょう」

「思い出話。ああ、熱海旅行の？　ウチはやっぱり海に入ったことかな。プカプカ浮かんで青い空を見たこと」

海の一部になれた幸福感を思い出せば、自然に笑みが浮かんでしまう。

「私はやっぱり混浴かしら。おじいちゃんだらけの最低の思い出だけどね」

「ハーブとバラを見に行ったよね。ローズティーがまずかったのもなつかしい」

話していると次々に忘れかけていた過去がよみがえった。同時に、片想いを続けている自分が情けなく思えた。

「私、成長してないんだよね」

思わず口から本音がこぼれ落ちた。

「そんなことない。光さん、すごく大人になったと思うもん」

「見た目のことじゃないよ。考え方とか人間的に、ってこと」

「ふふ」と、ナツさんはバッグからお茶のペットボトルを出して渡してくれた。

「自分が成長したかどうかはいつも他人が決めることなの。光さんは成長した、で間違いないの。つまり私も成長してる、ってことね」

あいかわらずのポジティブさに感心していると、ナツさんが足元の砂をすくった。

サラサラと指の間からすり抜けた砂が、もとの場所へ戻っていく。

「たった二年だけど、お互いにいろんなことがあったわよね」

風を読むように、ナツさんがあごをあげた。私も同じように宙を見あげた。

「あっという間だった。だけど、またナツさんに会えた」

「そうだね」

うなずいたあとナツさんが私の顔を覗きこんできた。

「正彦くんに告白したんだよね？　それにしては、まだつらそうに見えるのはなぜ？」

やっぱりナツさんにはバレてたんだ……。でも、そのことが少しうれしい。

暮れゆく海へ視線を逃がし、「あのね」と気持ちも一緒に逃がすことにした。

「告白したあとしばらくはよかったの。だけど、気がついたらもとの位置に戻ってたみたい。一度告白してるから二度目はないし、そんなことしたら今度こそ嫌われちゃう。だから、言えないんだ」

ざぶんと波の音がまた近くで弾けた。

「正彦くん、初めて会ったけどいい男だもん。好きになるの、わかるよ」

「うん……。でも、前ほどの苦しさじゃないんだよ。告白できた達成感があるせいかな。それに、いちばん近くにいられるのは変わらないし」

自分を励ましながら口にする。そうだよ。正彦がそばにいることが幸せなんだから、それ以上を求めてはいけないんだ。

「次に生まれ変わったら、女の子になりたい？」

さらりと尋ねたナツさんに、素直にうなずいていた。

「そうだね。かわいい女子になって、今度こそまさくんに好きになってもらいたい」

「じゃあ私と姉妹で生まれたいね。きっと美人姉妹って呼ばれるよ」

こんな話ができる人はほかにいない。気持ちを話すたびに、心の中のモヤモヤが浄化していくような気がした。

「ナツさんってウチにとっての空気清浄機みたい」

「空気清浄機？　はは、それいいね」

「これからもたまに会おうよ。お小遣い貯めて会いに行ってもいい？」

「もちろん。私のほうから会いに行くようにもする。さすがに実家にお邪魔することはできないけど、ふたりで近くのホテルで合宿しましょう」

ああ、やっぱりナツさんはステキな人だ。いつまでも私は海のまま、ナツさんという大空にあこがれていたい。

「あのね」

ナツさんが視線を砂に落とした。

「私、ほんとのことを言うと、光さんにあこがれたのよ」

「ウチに？　いや、それはないでしょ」

冗談かと思ったけれど、ナツさんは苦しそうに目を伏せてしまった。

「だってあのころの光さん、まるで真っ青な海みたいに澄み渡っていたから。私は、毎日お酒まみれで不倫までしちゃったし……。ひどく自分が汚れているような気がしていたの」

そんなこと、考えたこともなかった。一方的に私があこがれているものだと思いこんでいたから、驚きすぎて声が出ない。

「違う」とかすれた声でなんとか言えた。

「ウチのほうがナツさんにあこがれてたんだよ」

「じゃあお互いにあこがれてたのかしら」

ふたりで顔を見合わせ、どちらからともなく笑った。

「光さんが私を変えてくれたのよ。だから、今日まで元気にやってこれたの。本当にありがとう」

ナツさんの言葉は、砂に水が染みこむように胸に届いた。

「ウチこそありがとう。なんか、うれしくてたまんないよ」

久しぶりに新鮮な空気を吸えた気がした。やっぱりナツさんは私の空気清浄機だ。

「花火の時間が近づいてきたみたい」

スマホで時間を確認したあと、ナツさんはバッグから大きな袋を取り出した。ピンクの包装紙に黄色のリボンがかけられている。

「これ、プレゼントなの」

「私、なにも用意してきてないよ」

「いいのいいの。本当のことを言うと、私からのプレゼントじゃないから。そこのトイレで着替えてきてほしいの」

「着替える？」

ということは、洋服ということ？

「ほら早く。花火がはじまる前に行ってきて」

急にせかされてしまい、砂浜の入り口にあるトイレに向かう。ふり返るとナツさんがヒラヒラ手をふっていた。

砂まみれのトイレの個室で封を開くと、白い布が姿を見せた。取り出してみるとそれは——色襟のついたセーラー服だった。

「え……？」

下にはグレーのパンツが入っている。

どうしてナツさんがうちの高校の制服を持っているの？　ううん、それよりなんで私にこれを……？

袋にしまい、ナツさんのもとへ戻ることにした。が、ナツさんは私の姿を見ると、両手で大きくバツのマークを作ってきた。

「着替えろ、ってこと？」

シッシッと追い払うような仕草までしてくる。

再びトイレに戻り、改めて制服を広げてみる。こんな生地だったんだ。リボンも近くで見るとすごくかわいい。

でも、これを着る勇気なんてない。こんな格好をしていたらおかしく思われるだろうし。

今でも海軍とかでは男性がセーラー服を着ているそうだ。だけど、だけど……。

制服を手にしたまま、私は立ちすくむことしかできなかった。

第四章

花火が星に還る夜

乾いた音が二発、空で響いた。

花火がはじまる合図に、いたるところで拍手が起きている。

空は暗く、あっという間に夜の景色だ。

「お帰りなさい。あ、待って！」

座ろうとする私をムリやり止めたナツさんが、「わあ」と感嘆の声をあげた。

「ちゃんと見せて。すごく似合ってるじゃない！」

「声が大きいって」

これでは、夜に紛れる作戦がダメになってしまう。

「ごめん。あまりにもピッタリだから感動しちゃって」

自分の服装を見おろす。トイレの鏡でチェックしたときの印象も、たしかに悪くはなかった。

「もういいでしょ」と強引に座った。これで周りの人から注目されることもないだろう。

ナツさんはまだ感動しているのか、潤んだ瞳で私を観察し続けている。

「ああ、感動しちゃう」

「ていうか、なんでナツさんがこれを持ってるのよ。誰がくれたの？」

さっき、ナツさんは自分からのプレゼントじゃないと言っていた。だとしたら、これをナツさんに託した人がいるってことだ。

ヒュウと風を切る音が聞こえ、その方向へ目を向ける。続いて破裂音と同時に空に黄色い花が咲いた。

砂浜が花火に照らされ、人々の長い影が一瞬だけ浮きあがった。続いてもう一発。

今度は赤い花火が空に広がった。

「あのね、内緒なんだけど」

ナツさんが私の耳に顔を寄せると、あの夏の香水が鼻腔をくすぐった。

「玲奈《れな》さんから託されてたの」

「……玲奈さん？」

聞いたことのある名前に、すぐにその顔が浮かんだ。

「え、お母さんのこと？　ナツさん、ウチのお母さんと知り合いなの!?」

まさかナツさんから母の名前が出るなんて！

「前に梨を送ったことがあったじゃない？　あのときに玲奈さんから連絡いただいて、それ以来、季節のたびに電話をし合う仲になったの」

「へえ……」

洗濯機みたいにグルグル回る頭では、ナツさんの言っていることが理解できない。

「光さんのお父さんの悪口大会をしたり、光さんの様子も教えてもらっていたのよ」

「全然知らなかった……」

――ヒュウ。再びの音に顔をあげれば、夜に白い花が広がった。

「玲奈さんね、光さんが女性になりたいんじゃないかって心配してるのよ。今の高校を選んだのも、それが理由じゃないかって」

「………」

「親のことで苦労をかけたから、光さんには自分の思ったように生きてほしいんですって」

「そう言いながら、髪を切れってうるさいんですけど」

せめてもの反論は、続いて咲いた花火の音にかき消されてしまった。

まさか母がそんなことを考えていたなんて知らなかった。水面に向かって落ちていく花火を眺めながら、じわりと本当の気持ちが生まれるのがわかった。

「ナツさん」

「ん？」

「ウチ、セーラー服に興味があったと思うんだ」

「うん」

空の星を消すほどの光で、大きな輪っかが輝いた。火薬のにおいがナツさんの香水の香りを奪っていく。

「でも、今回着てみてわかった。ウチ、女の子になりたいわけじゃないみたい」

しっくりこないどころか、早く脱ぎたい気持ちでいっぱいだ。この暗闇の中でなら着替えても大丈夫かもしれない。

「実際にチャレンジしてみてわかることってあるよね」

「うん」

セーラー服を脱ぐのと一緒に、違和感も捨て去った。Tシャツ一枚のほうがホッとできる。

「でも、お母さんがそんなこと思ってたなんてビックリ」

「母親なら子どものことが心配なものよ。光さん、愛されてるんだよ」

やさしい声にかぶせて、花火が咲く音がした。ナツさんの瞳に反射した光が美しい。

「帰ったらお礼を言わなきゃ。でも、これはいらないや」

「ふふ。私からも言っておくよ」

ナツさんはセーラー服をたたむとバッグにしまった。

「んだよ」

急に頭上から声がした。見ると、杉浦さんが両手に腰を当てて立っていた。

「さっきから連絡してんのに、なんで電話に出ないんだよ」

「え、そうなの？　まあ会えたからいいじゃないの」

ナツさんが杉浦さんの腕をつかんで座らせた。

「うお、危ないな」

文句を言いながら、杉浦さんはにやけている。私もこんなにわかりやすいのだろうか。

砂を踏みながら歩いてきた正彦が、私に軽く手をあげてから隣に座った。洗い立ての髪がサラサラと風の形を教えている。

「温泉どうだった？」

「最高だったけど、杉浦さんのサウナ指南がしつこかった」

苦い顔の正彦に、

「なんでだよ。整う体験ができてよかっただろ」

顔をひょいと覗かせて杉浦さんが言った。

「はいはい、よかったです」

「なんだよ。ったく……」

四人で並んで花火を見ているなんて不思議だ。せっけんのやわらかい香りが正彦からただよってくる。

「ほら、見て」

正彦が空を指さした。柳の枝のような形を描きながら、黄色い花火が浮かびあがっている。

「しだれ柳が打ちあがったってことは、そろそろスターマインだな」

「スターマリー？」

「スターマイン。連発仕掛け花火のことで、クライマックスにたくさんの花火が生まれるんだよ」

生まれる、という表現が好き。正彦のこともやっぱり好きだ。

だけどこの花火が終わったら、これまでと同じように気持ちを隠していこう。叶わない恋を受け入れ、彼のそばで永遠に咲く花火になりたい。

想いを伝えなければ、消えることなくそばにいられるから。

静かな決意の向こうで、爆発音とともにたくさんの花火が舞いあがった。消えかけの花火はキラキラと輝き、まるで天の川の中にいるみたい。

「それにしても、不思議な旅だよな」

「そうだね」

「まさか山梨に行ったのに、今は熱海にいるなんて」

クスクス笑う横顔が、明るく照らされている。

「ほんとだね。一生忘れない夏になったね」

「まさか」と正彦は笑った。

「これからもいっぱい思い出作ろうぜ。俺たちの夏はまだまだ終わらないんだし」

くさいセリフを笑い飛ばせば、正彦はムッとしてしまった。

あなたのそばにいるよ。友だちでもかまわない。

「来世に期待しよう」

花火の音に紛れてつぶやくひとりごと。

はかない願いごとが、いつか叶いますように。


熱海駅は帰りを急ぐ人で混雑していた。

送迎レーンで杉浦さんにお礼を言い、車から降りた。正彦は部活仲間にお土産を買うとのことなので、私とナツさんとで新幹線の切符を買いに行った。

終わりの時間が近づくのを感じながらも、私たちは花火の話や思い出話を続けている。

ざわめく駅の構内の音が、エンディングのメロディのよう。途切れそうになる会話を、元気ぶってつないでいる。

改札口の上にある電光掲示板には、私の住む街へと向かう新幹線の発車時刻が表示されている。あと十五分しかない。

洟《はな》をすする音が聞こえた。

「泣かないようにしてたのに、やっぱりダメ。お別れって悲しすぎる」

ナツさんの声が涙色に変わっている。

「でも、また会えてうれしかった」

泣きたくなくて口角をあげるけれど、唇が震えてしまう。やっと会えたのに、二日間はあまりにも短い。

こらえきれずに「うう」と嗚咽を漏らしたナツさんが、私をギュッと抱きしめた。

「ほんとはね、何日でもいてほしかったの。だけど、そんなことを言ったら困らせてしまうかも、って……。こっちに来てくれてからも、梨園の仕事に何度も出かけちゃって。そんなの、としくんに任せておけばいいのに、逃げてばっかりだった」

そうだったんだね。自分に自信がないところもそっくりな私たち。

「次はもっと長めに来るからね」

「……本当に？」

「当たり前。だって友だちだもん」

ガバッと体を離された。至近距離でナツさんはポロポロ涙をこぼしている。

「いつ？　秋には来てくれる？　梨狩りをする？」

「そうだね。お父さんにおねだりして旅費を出してもらうよ」

それから私たちはクスクス笑った。

ナツさんに会うたびに、自分の考え方が変わるのを感じる。私にもなにか返せるものがあればいいのに。

……そうだ、とナツさんの顔を見る。

「杉浦さんのこと、どう思ってるの？」

ナツさんは言われた意味がわからないというようにポカンとしたあと、大きな声で笑いだした。

「ちょっとビックリするじゃない。としくんとはただの幼なじみだって」

「幼なじみのことを好きになる例がここにいるじゃない」

「光さんのとは全然違う。うちは腐れ縁だし、向こうだって私のこと女性として見てくれてないもん」

杉浦さんはナツさんのことが好き。きっと、ナツさんがこの街に戻ってくるのを、ずっと待っていたんだ。だから、遊びに来た私にまで嫉妬したんだと思う。

それなのに、ナツさんは気づかないどころか、父との過去まで話してしまった。

「杉浦さん、つらかっただろうな……」

「ええっ、なにそれ!?」

意味がわからない様子のナツさんの手を、私はギュッと握った。

「あの夏、ナツさんは私の背中を押してくれたよね？」

「正彦くんとのこと？　だって、光さんがいじらしかったし、それ以上に苦しそうだったから」

「すごく感謝してるの。ナツさんがいたから、私はまさくんに告白できたんだと思う。自分の本当の気持ちを気づかせてくれたから。今度はナツさんが気づく番なのかも」

「え、それって……」

向こうから正彦が大量の紙袋を下げて走ってきた。

「少し考えてみて。答えは秋に会ったときに聞かせてね」

正彦にチケットを渡すと、発車までもう五分ちょっとしかない。

「ありがとう、ナツさん。またね！」

「光さん！」

急な別れにまた泣きそうな顔になっている。改札を抜けると大きく手をふってみせた。ナツさんも、くしゃくしゃの顔で手をふり返してくれた。

真夏の太陽のような人だと思っていたけれど、再会してわかった。彼女はあたたかくてやさしい、春の光のような人だ。

いつか、私もナツさんを包みこめるような存在になりたい。

そう、思った。

エピローグ

新幹線がトンネルに入ると、頬杖をつく自分が映った。

長く伸ばした髪も、そろそろ切ろうかな。きっと、もっと似合う髪型があるかもしれない。

誰かのマネをするんじゃなく、私らしく生きてみたい。そう思えたのも、ナツさんのおかげだ。

窓に映る私の向こうに、温泉饅頭を食べている正彦が見えた。

「まだ食べるの？　お土産なくなっちゃうんじゃない？」

「晩メシ食ってないからさー。光もどう？」

ひょいと差し出された温泉饅頭を受け取る。

不思議だ。あんなに苦しかった気持ちがやわらいでいる。

それでもきっと、波のように想いが打ちつけてくる日もあるだろう。

苦しい恋じゃない。誰と競い合う恋でもない。肩の力を抜いて、正彦と同じ時間を過ごしていきたい。

「なあ」と、正彦が私の足元に顔をやった。

「それ、高校のブレザーパンツだろ？　普段はジャージなのに、なんで制服着てんの？」

「たまにはいいかな、って」

「へぇ。久しぶりに見たけど似合ってるな」

「二学期からは制服にするかも」

目を丸くした正彦が、大きくうなずいた。

「それいいな。また学ランに戻そうと思ってたけど、そのままでいくわ」

「え？　別にマネしなくてもいいって」

「マネじゃねーし。俺がそうしたいんだからいいだろ？　てことでおやすみ」

腕を組んで目を閉じる正彦。もう寝顔を見なくても大丈夫。

彼はこれからも友だちとしてそばにいてくれるから。

窓から空を見あげても天の川は見えない。だけど、無数の星たちが私を見守っているのだろう。

夏が終わってもきっと、ずっと、永遠に。


【完】

あとがき

今から十年前、「いつか、眠りにつく日」で第八回日本ケータイ小説大賞の大賞を受賞してデビューしました。

まさか自分が小説家になるとは思っておらず、壮大なドッキリ企画に巻きこまれた気分でした。

ペンネームも〝ねこじゅん〟にしたかったのですが、投稿サイトに似たペンネームがあったため、「猫がダメなら犬でいいです」と軽い気持ちでつけました。

あれから十年、ここまで続けてこられたのは応援してくださる皆さまのおかげです。

今でもたまに思うんです。

「まだドッキリが続いているんじゃないか？」と。

この作品は、私が小説サイト「野いちご」で最初に書いた小説です。小説の書き方がわからず、思うままにキーボードを打ったことを今でも覚えています。

「野いちご」のサイト内で販売しよう、と編集さんが声をかけてくださり、デビュー作を刊行する二年前に書籍化をさせていただきました。もちろん、ほとんど売れることはありませんでした。


デビュー十周年の記念作品を刊行することが決まり、この作品を再出版することをお願いしたところ、快くプロジェクトを組んでくださいました。

改めて読むと、若き日のいぬじゅんの勢いがまぶしいほどにあふれていました。

本来なら加筆修正するべきだとは思いますが、ぜひ皆さんにも当時の勢いをそのままに感じてほしく、ほぼ原文のままで掲載させていただきました。

書きおろしの続編との差を比べていただけたら、十年の軌跡を感じてもらえるかもしれません。


これまでたくさんの物語を紡がせていただきました。物語の泉は枯れるどころか、まだまだあふれて止まりません。

この壮大なドッキリが終わるまで、今日も明日も、私は描き続けるでしょう。

私の描く物語が、あなたの希望になりますように。

二〇二四年三月　いぬじゅん

この物語はフィクションです。実在の人物、団体等とは一切関係がありません。

いぬじゅん先生へのファンレターのあて先
〒104-0031　東京都中央区京橋1-3-1　八重洲口大栄ビル7F
スターツ出版（株）書籍編集部 気付
いぬじゅん先生

きみの10年分の涙

2024年3月28日　初版第１刷発行

著　者　　いぬじゅん　©Inujun 2024

発 行 人　　菊地修一
デザイン　　カバー　長﨑綾（next door design）
　　　　　　フォーマット　西村弘美
発 行 所　　スターツ出版株式会社
　　　　　　〒104-0031
　　　　　　東京都中央区京橋1-3-1　八重洲口大栄ビル7F
　　　　　　TEL　03-6202-0386（出版マーケティンググループ）
　　　　　　TEL　050-5538-5679（書店様向けご注文専用ダイヤル）
　　　　　　URL　https://starts-pub.jp/
印 刷 所　　大日本印刷株式会社

Printed in Japan

ISBN　978-4-8137-1560-3　C0193

いぬじゅん十周年記念　全既刊紹介!!

『いつか、眠りにつく日』

高2の蛍は、修学旅行に行く途中、交通事故に遭う。…ハッと気づくと、自分の部屋にいた。わけがわからないでいる蛍の前に謎の男が現れ、この世に残した未練を聞かれる。蛍には、まだ思い残すことが、いっぱいあった。大好きなおばあちゃんともう一度会いたい、親友と仲直りしたい、そして、片想い相手の蓮に気持ちを伝えたい—。でも、残された時間はわずかしかなくて…？生きることの意味を考えさせられる、温かい涙があふれる感動作。

単行本
発売日：2014/03/25

ISBN：978-4-88381-432-9
定価：1100円（本体1000円＋税10%）

『無人駅で君を待っている』

物語の舞台は、静岡県浜松市に実在する寸座駅。天竜浜名湖鉄道の小さな駅は、浜名湖を見下ろす高台にあり絶好のロケーションだが、電車が到着するのは1時間に1本程度。駅の端には「たまるベンチ」と呼ばれる不思議なベンチがある。快晴の日の夕方、オレンジ色に染まる空の下、そのベンチに腰掛け、もう二度と会えない故人との再会を願うと、やがて到着する「夕焼け列車」からその人が降りてくるという言い伝えがあるのだった。ただし、会えるのは一度だけ——。

単行本
発売日：2019/08/24

ISBN：978-4-8137-9034-1
定価：1430円（本体1300円＋税10%）

『あの夏の日、私は君になりたかった。』

学校もうまくいかず退屈な毎日を送っている亜弥は、夜の街を散歩している途中、酔っ払いにからまれてしまう。そこを助けてくれたのが、カフェでバイトしている高校生のリョウ。第一印象は苦手だったけど、いつのまにか夢に向かって歩いている彼に惹かれていく。「もう悩んだりするな。俺がいるから」と言うリョウに、亜弥の心も動かされていって…。なにげない日常が特別に変わっていく、希望の物語。

単行本
発売日：2020/07/25

SBN：978-4-8137-9050-1
定価：1320円（本体1200円＋税10%）

いぬじゅん十周年記念　全既刊紹介!!

会えば、もっと悲しくなる。――それでも、君に会いにいく。

『いつか、眠りにつく日』

発売日：2016/04/28

高2の女の子・蛍は修学旅行の途中、交通事故に遭い、命を落としてしまう。そして、案内人・クロが現れ、この世に残した未練を3つ解消しなければ、成仏できないと蛍に告げる。蛍は、未練のひとつが5年間片想いしている蓮に告白することだと気づいていた。だが、蓮を前にしてどうしても想いを伝えられない…。蛍の決心の先にあった秘密とは？　予想外のラストに、温かい涙が流れる―。

ISBN：978-4-8137-0092-0
定価：627円（本体570円＋税10%）

心が悲鳴をあげていた――。でも、君が救ってくれたんだ。

『夢の終わりで、君に会いたい。』

発売日：2016/10/28

高校生の鳴海は、離婚寸前の両親を見るのがつらく、眠って夢を見ることで現実逃避していた。ある日、ジャングルジムから落ちてしまったことをきっかけに、鳴海は正夢を見るようになる。夢で見た通り、転校生の雅紀と出会うが、彼もまた、孤独を抱えていた。徐々に雅紀に惹かれていく鳴海は、雅紀の力になりたいと、正夢で見たことをヒントに、雅紀を救おうとする。しかし、鳴海の夢には悲しい秘密があった――。ラスト、ふたりの間に起こる奇跡に、涙が溢れる。

ISBN：978-4-8137-0165-1
定価：671円（本体610円＋税10%）

いぬじゅん十周年記念　全既刊紹介!!

物語に秘められた“優しい嘘”に、心救われる。

『三月の雪は、きみの嘘』

発売日：2017/05/28

自分の気持ちを伝えるのが苦手な文香は、嘘をついて本当の自分をごまかしてばかりいた。するとクラスメイトの拓海に「嘘ばっかりついて疲れない？」と、なぜか嘘を見破られてしまう。口数が少なく不思議な雰囲気を纏う拓海に文香はどこか見覚えがあった。彼と接するうち、自分が嘘をつく原因が過去のある記憶に関係していると知る。しかし、それを思い出すことは拓海との別れを意味していた…。ラスト、拓海が仕掛けた“優しい嘘”に涙が込み上げる—。

ISBN：978-4-8137-0263-4
定価：660円（本体600円＋税10%）

“おいしい”から新しい一日が始まる。

『奈良まちはじまり朝ごはん』

発売日：2017/09/28

奈良の『ならまち』のはずれにある、昼でも夜でも朝ごはんを出す小さな店。無愛想な店主・雄也の気分で提供するため、メニューは存在しない。朝ごはんを『新しい一日のはじまり』と位置づける雄也が、それぞれの人生の岐路に立つ人々を応援する“はじまりの朝ごはん”を作る。――出社初日に会社が倒産し無職になった詩織は、ふらっと雄也の店を訪れる。雄也の朝ごはんを食べると、なぜか心が温かく満たされ涙が溢れた。その店で働くことになった詩織のならまちでの新しい一日が始まる。

ISBN：978-4-8137-0326-6
定価：682円（本体620円＋税10%）

いぬじゅん十周年記念　全既刊紹介!!

人気作品第2弾！　おいしい湯気に、心ほっかほか

『奈良まちはじまり朝ごはん２』

奈良のならまちにある『和温食堂』で働く詩織。紅葉深まる秋の寒いある日、店主・雄也の高校の同級生が店を訪ねてくる。久しぶりに帰省した旧友のために、奈良名物『柿の葉寿司』をふるまうが、なぜか彼は食が進まず様子もどこか変。そんな彼が店を訪ねてきた、人には言えない理由とは——。人生の岐路に立つ人を応援する“はじまりの朝ごはん”を出す店の、人気作品第2弾！　読めば心が元気になる、全4話を収録。

発売日：2018/02/28

ISBN：978-4-8137-0410-2
定価：649円（本体590円＋税10%）

私だけに聴こえたきみの声が、二度と会えないはずのふたりを繋ぐ

『今夜、きみの声が聴こえる』

高2の茉菜果は、身長も体重も成績もいつも平均点。“まんなかまなか”とからかわれて以来、ずっと自信が持てずにいた。片想いしている幼馴染・公志に彼女ができたと知った数日後、追い打ちをかけるように公志が事故で亡くなってしまう。悲しみに暮れていると、祖母にもらった古いラジオから公志の声が聴こえ「一緒に探し物をしてほしい」と頼まれる。公志の探し物とはいったい……？　ラジオの声が導く切なすぎるラストに、あふれる涙が止まらない！

発売日：2018/06/28

ISBN：978-4-8137-0485-0
定価：616円（本体560円＋税10%）

いぬじゅん十周年記念　全既刊紹介!!

人生の岐路に立つ人を応援する、“はじまりの朝ごはん”感動の最終巻！

『奈良まちはじまり朝ごはん３』

発売日：2018/09/28

詩織が、奈良のならまちにある朝ごはん屋『和温食堂』で働き始めて1年が経とうとしていた。ある日、アパートの隣に若い夫婦が引っ越してくる。双子の夜泣きに悩まされつつも、かわいさに癒され仕事に励んでいたのだが……。家を守りたい父と一緒に暮らしたい息子、忘れられない恋に苦しむ友達の和豆、将来に希望を持てない詩織の弟・俊哉が悩みを抱えてお店にやってくる。そして、そんな彼らの新しい1日を支える店主・雄也の過去がついに明らかに！　大人気シリーズ、感動の最終巻!!

ISBN：978-4-8137-0539-0
定価：627円（本体570円＋税10%）

心震わす驚きと感動、再び――。時を越えた想いが紡ぐ、涙の第2弾！

『いつか、眠りにつく日２』

発売日：2019/06/28

「命が終わるその時、もし“きみ”に会えたなら」。高２の光莉は同級生・来斗への想いを残したまま命を落とし、地縛霊になりかけていた。記憶を失い魂となって彷徨う中、霊感の強い輪や案内人クロの助けもあり、光莉は自分の未練に向き合い始める。成仏までの期限は７日。そして夢にまで見た来斗との再会の日、避けられない運命が目の前に迫っていて――。誰もが予想外のラストは、いぬじゅん作品史上最高に切ない涙が待っている!!

ISBN：978-4-8137-0704-2
定価：638円（本体580円＋税10%）

いぬじゅん十周年記念　全既刊紹介!!

恐怖のアプリに秘められた、少女たちの悲しい運命とは…⁉

『ログインØ《ゼロ》』

発売日：2019/09/28

先生に恋する女子高生の芽衣。なにげなく市民限定アプリを見た翌日、親友の沙希が行方不明に。それ以降、ログインするたび、身の回りに次々と事件が起こり、知らず知らずのうちに非情な運命に巻き込まれていく。しかしその背景には、見知らぬ男性から突然赤い手紙を受け取ったことで人生が一変した女子中学生・香織の、ある悲しい出来事があって――。別の人生を送っているはずのふたりを繋ぐのは、いったい誰なのか――⁉　いぬじゅん最大の問題作が登場！

ISBN：978-4-8137-0760-8
定価：715円（本体650円＋税10%）

離れても、また君に巡り逢う

『君を忘れたそのあとに。』

発売日：2019/11/28

家庭の都合で、半年ごとに転校を繰り返している瑞穂。度重なる別れから自分の心を守るため、クラスメイトに心を閉ざすのが常となっていた。高二の春、瑞穂は同じく転校生としてやってきた駿河と出会う。すぐにクラスに馴染んでいく人気者の駿河。いつも通り無関心を貫くつもりだったのに、転校ばかりという共通点のある駿河と瑞穂は次第に心を通わせ合い、それは恋心へと発展して…。やがてふたりの間にあるつながりが明らかになる時、瑞穂の“転校”にも終止符が打たれる…⁉
優しさにあふれた予想外のラストは号泣必至！

ISBN：978-4-8137-0795-0
定価：627円（本体570円＋税10%）

いぬじゅん十周年記念　全既刊紹介!!

いぬじゅん×櫻いいよの豪華コラボ小説！

『きみの知らない十二ヶ月目の花言葉』

発売日：2020/04/28

本当に大好きだった。君との恋が永遠に続くと思っていたのに――。廃部間近の園芸部で出会った僕と風花。花が咲くように柔らかく笑う風花との出会いは運命だった。春夏秋と季節は巡り、僕らは恋に落ちる。けれど幸せは長くは続かない。僕の身体を病が蝕んでいたから…。切なくて儚い恋。しかし悲恋の結末にはとある"秘密"が隠されていて――。恋愛小説の名手、いぬじゅん×櫻いいよが男女の視点を交互に描く、感動と希望に満ち溢れた純愛小説。

ISBN：978-4-8137-0893-3
定価：748円（本体680円＋税10%）

予想外のラスト、切ない涙が溢れる。大人気シリーズ、第3弾！

『いつか、眠りにつく日３』

発売日：2021/01/28

案内人のクロに突然、死を告げられた七海は、死を受け入れられず未練解消から逃げてばかり。そんな七海を励ましたのは新人の案内人・シロだった。彼は意地悪なクロとは正反対で、優しく七海の背中を押してくれる。シロと一緒に未練解消を進めるうち、大好きな誰かの記憶を忘れていることに気づく七海。しかし、その記憶を取り戻すことは、切ない永遠の別れを意味していた…。予想外のラスト、押し寄せる感動に涙が止まらない――。

ISBN：978-4-8137-1039-4
定価：660円（本体600円＋税10%）

いぬじゅん十周年記念　全既刊紹介!!

なぜこんなに切なくて、涙が溢れるんだろう——。

『今夜、きみの声が聴こえる〜あの夏を忘れない〜』

発売日：2021/07/28

高2の咲希は、幼馴染の奏太に想いを寄せるも、関係が壊れるのを恐れて告白できずにいた。そんな中、奏太が突然、事故で亡くなってしまう。彼の死を受け止められず苦しむ咲希は、導かれるように、祖母の形見の古いラジオをつける。すると、そこから死んだはずの奏太の声が聴こえ、気づけば事故が起きる前に時間が巻き戻っていて——。咲希は奏太が死ぬ運命を変えようと、何度も時を巻き戻す。しかし、運命を変えるには、代償としてある悲しい決断をする必要があった…。ラスト明かされる予想外の秘密に、涙溢れる感動、再び！

ISBN：978-4-8137-1124-7
定価：682円（本体620円＋税10%）

切ない恋の奇跡に、何度も涙！

『君のいない世界に、あの日の流星が降る』

発売日：2022/03/28

大切な恋人・星弥を亡くし、死んだように生きる月穂。誰にも心配をかけないように悲しみをひとり抱えていた。テレビでは星弥の命日7月7日に彼が楽しみにしていた流星群が降るというニュース。命日が近づく中、夢の中に彼が現れる。夢の中で、月穂は自分の後悔を晴らすように、星弥との思い出をやり直していく。しかし、なぜか過去の出来事が少しずつ夢の中で変化していき…。「流星群は奇跡を運んでくれる」星弥が死ぬ運命を変えられるかもしれない、そう思った月穂は、星弥を救うため、ある行動にでるが——。

ISBN：978-4-8137-1241-1
定価：682円（本体620円＋税10%）

いぬじゅん十周年記念　全既刊紹介!!

小説の中の出来事が現実に起こり…君への想いが、運命を変える

『君がくれた物語は、いつか星空に輝く』

発売日：2022/08/28

家にも学校にも居場所がない内気な高校生・悠花。日々の楽しみは恋愛小説を読むことだけ。そんなある日、お気に入りの恋愛小説のヒーロー・大雅が転入生として現実世界に現れる。突如、憧れの物語の主人公となった悠花。大雅に会えたら、絶対に好きになると思っていた。彼に恋をするはずだと——。けれど現実は悠花の思いとは真逆に進んでいって…⁉「雨星が降る日に奇跡が起きる」そして、すべての真実を知った悠花に起きた奇跡とは——。

ISBN：978-4-8137-1312-8
定価：715円（本体650円＋税10%）

二度目の切ない別れに、号泣！

『君が永遠の星空に消えても』

発売日：2022/12/28

難病で入院している恋人・壱星のために写真を撮る高2の萌奈。いつか写真の場所にふたりで行こうと約束するが、その直後彼は帰らぬ人となってしまう。萌奈は、流星群が奇跡を運ぶという言い伝えを知り「どうかもう一度だけ会いたい」と願う。すると——壱星が元気な姿で戻ってきた。みんなの記憶からは彼が死んだ事実は消え、幸せな日々を取り戻したかのように見えたふたり。けれど、壱星のよみがえりにはリミットがあると知って…。二度目のさよならの瞬間が迫る中、萌奈が見つけたふたりの再会した本当の意味とは——？

ISBN：978-4-8137-1370-8
定価：704円（本体640円＋税10%）

いぬじゅん十周年記念　全既刊紹介!!

時を戻せる少年と生きた、たった1か月の切ない恋の物語

『十月の終わりに、君だけがいない』

発売日：2023/05/28

高二の由芽には、昔から繰り返し見る夢があった。古い神社、学ラン姿の青年、悲しい別れ…。それはまるで前世の記憶のようにリアルで切ない夢。そんなある日、夢の中の青年にそっくりの蒼杜が転校してくる。運命を感じる由芽だったが、「君は十月に死ぬ運命だ」と、突然彼に宣告されてしまう。実は、蒼杜は由芽を死なせないために過去から来た人物だった——。「君のことは俺が守るから」夢の中だけだったはずの恋が本物になっていくのを感じる由芽。けれど、生き延びても死んでも、彼とは結ばれないと知って——。

ISBN：978-4-8137-1435-4

定価：715円（本体650円＋税10%）

タイトルの意味が明かされる、切ないラストに涙！

『君がくれた1/2の奇跡』

発売日：2023/09/28

高二の春、片想いをしていた翔琉に告白をされた紗菜。けれど幸せは一転、その直後、翔琉はバス事故に遭い帰らぬ人となってしまう。想いを伝えられなかった後悔を抱える紗菜は、もう一度翔琉に会いたいと強く願う。すると、事故のあった日へと戻ることに成功するが…。「運命は一度しか変えられない」彼を救いたい紗菜は奇跡を信じるけれど——。ラストで明かされる秘密に涙が止まらない、切ない純愛物語。

ISBN：978-4-8137-1483-5

定価：726円（本体660円＋税10%）

いぬじゅん十周年記念　全既刊紹介!!

ケータイ小説文庫
発売日：2015/03/25

『444〜呪いの数字〜』

高2の冬、東京から田舎の高校に転校してきた桜は、クラスで無視され、イジメを受ける。そんな中、この学校で以前イジメを苦に自殺したという生徒・守の一周忌に参列したとき、桜は守の母親から「444には気を付けて」と不気味な話を聞く。やがて、次々に不審な死を遂げていくクラスメイトや教師…。ラストのどんでん返しに驚愕！　呪いの震撼ホラー！

ISBN：978-4-88381-951-5　定価：572円（本体520円＋税10%）

ケータイ小説文庫
発売日：2015/12/25

『遊園地は眠らない〜死の脱出ゲーム〜』

高2の咲弥は、いつの間にかクラスメイト6人とともに、古びた遊園地にいた。不気味な雰囲気の中、咲弥たちはリニューアルを記念した現金争奪戦に参加することになってしまう。ルールはカードに記されている全部の乗り物にのり、スタンプを集めるだけ。咲弥たちはクリアを目指すけど、恐怖のアトラクションが待ち受けていて…？　衝撃の結末に驚愕!!

ISBN：978-4-8137-0041-8　定価：638円（本体580円＋税10%）

ケータイ小説文庫
発売日：2017/10/25

『神様、私を消さないで』

中2の結愛は父とともに永神村に引っ越してきた。結愛は同じく転校生の大和と、永神神社の秋祭りに参加するための儀式をやることになるが、クラスメイトの広代だけはふたりに儀式をやめるように忠告する。不気味な儀式に不安を覚えた結愛と大和は、いろいろ調べるうちに、恐ろしい秘密を知って…？　予想外の結末に戦慄!! 大人気作家・いぬじゅんの書き下ろしホラー!!

ISBN：978-4-8137-0340-2　定価：605円（本体550円＋税10%）

野いちご文庫
発売日：2019/07/25

『死んでも絶対、許さない』

いじめられっ子の知絵の唯一の友達、葉月が自殺した。数日後、葉月から届いた手紙には、「イジメた奴は絶対に許さない。全員殺してやる」と書いてあった。黒板に名前を書けば、葉月が呪い殺してくれるのだという。知絵は、半信半疑ながらも葉月の力を借りて、自分をイジメた人間の名前を黒板に書いて復讐していく。しかし最後に残ったのは、意外な人だった——衝撃のラストに震える！

ISBN：978-4-8137-0729-5　定価：616円（本体560円＋税10%）